お飾りの側妃ですね？
わかりました。どうぞ私のことは
放っといてください！

登場人物紹介
シエル・ラズライト
「俺がお前を愛することはない」
無口で女性嫌いな国王。アクアも宛がわれた妃に過ぎなかったが、次第に自由で聡明な彼女を見て気持ちが変化していき——
アクアオーラ・クオーツ
「結構でございます。私も陛下を愛することなどございませんので」
実家で虐げられていたが、ひょんなことからシエルの五番目の妃に選ばれる。本が大好きで、自由奔放。

ガーネット・ロードライト
シエルの幼い第二妃。強がりで意地っ張り
アンバー・エレクトロン
シエルの第四妃。負けず嫌い。ルビーには憧れている。
ルビー・コランダム
シエルの第三妃。野心家でプライドが高いのだが――
ノゼアン・ノーズライト
シエルの訳ありの兄。柔和に見えるが、実は腹黒な参謀役。
オパール・プレシアス
シエルの第一妃。穏やかで冷静。

プロローグ

初めて国王シエル・ラズライトに出会ったとき、その気高さと美しさに驚愕した。

黒髪に真紅の瞳、すらりとした長身に凛々しい顔つき。

こんなイケメンだなんて聞いてない！

事前情報によれば、シエルは非常に戦闘能力に長《た》けている、戦《いくさ》の神と呼ばれている方で、好きなものは酒と戦場、嫌いなものは女と子供だそうだ。

それでも跡継《あとつ》ぎをもうけなければならないから、仕方なく側妃を五人も娶《めと》ったという。

ちなみに正妃はまだいない。

こんな王様だから、厳《いか》つい顔つきと筋肉もりもりの体をしているのかと思いきや、背が高く引き締まった肉体と整った容姿なのだった。

恋愛なんて今までまったく縁のなかった私でも、これほど理想にぴったりなお相手なら心も揺れるというものだ。

しかし、シエルは私と初対面にもかかわらず、挨拶もなく単刀直入に言い放った。

「必要なものは与える。しかし俺がお前を愛することはない。公《おおやけ》の場で妃として振る舞っていれ

ばそれでいい」

つまり、夜の生活は一切なしということだ。

私はどう反応していいかわからず、ただ黙って俯《うつむ》いた。わずかに手が震える。

周囲の者たちは私がショックを受けていると思ったようで、気の毒にという視線を肌に感じた。

けれどそうではなかった。

むしろ最高にいい条件を提示され、感激で身震いしていたのだ。

うっかりにやけてしまいそうになるのを堪えるのに必死だった。

なんとか平静を保ち、顔を上げてまっすぐシエルの顔を見つめる。

国王陛下、私はあなたの素敵なお姿を遠くから眺めているだけで結構です。

ですからどうかこのまま放っておいてくださいね。

白い結婚、大歓迎です！

第一章

「喜ぶがいい、アクア。お前は新しい王の五番目の妃に選ばれたのだぞ」

それは三カ月前のことだ。

今まで私にまったく興味のなかった父が急に呼び出すものだから一体何事かと思ったら、そんな話だった。

正直驚いたし、王の妃になるような器でもないのになぜ私が？

社交界でそれほど華やかな活動もしていないし、家では本を読んでばかり。たまの外出では平民たちと露店で手作りのアクセサリーを売ったりして商売人の真似事なんかをしているくらいだ。

まあ、私に無関心な父は、娘が平民と仲良くしていることなんか知りもしないだろうけど。

王宮入りなんて面倒だなと思った。当たり前だけど妃教育なんて受けていない。

けれどこれが国王の命令なら、私はおろか父にも拒否権などない。

「喜んでお受けいたします、お父様」

そう返事をするしかなかった。

こうしてクオーツ伯爵家の長女である私、アクアオーラ・クオーツは齢《よわい》十七で王宮入りすることになった。

「お姉様、王様と結婚するの？」

「素敵！　お姉様はお姫様になるのね！」

この知らせを耳にした妹たちは、目を輝かせながら無邪気に喜んだ。

私にとって腹違いの妹、オーロラオーラとローズオーラ。

ふたりとも金髪に深い碧《みどり》の瞳をした、美しい容貌を持つ自慢の妹たちだ。

対する私はふたりとは似ても似つかず、淡黄色の髪に薄水色のくすんだ瞳で、痩せた体と地味な服装のせいで貧相に見える。それもそのはず、継母が私には綺麗なドレスや宝石を与えることを渋るからだ。それどころかこの家で私が自由にできる場所は書庫しかない。勉強をしているときだけは、罵声を浴びることがなかった、というぐらいだ。

幼い頃はなぜ継母にこれほど差別をされるのか不思議でたまらなかったけど、最近理由を知った。

実は父と継母は結婚前に恋人同士だったけど、平民出身の継母とは身分違いで結婚できず、父は渋々私の母と結婚したようなのだ。

私の母の死後、父は男爵家の養女となっていた継母とすぐに再婚した。

継母は恋人と引き裂かれる原因となった私の母を恨んでおり、当然再婚後も娘である私に対して冷たく接した。

だけど、そんな大人の事情など私の知ったことですか。

父は継母にはかなりの大金を使って高価なドレスや宝石を与えたが、私にはほとんど着るものを与えてくれなかった。

幼い私を置いてふたりで旅行三昧だったし、妹たちが生まれると彼らは私の存在などないように扱った。

家族と呼べるのかわからない状況で過ごしてきた私にとって、家を出ることは寂しくも何ともない。むしろ「やったあ！」と万歳して喜ぶべきことだ。

これが王宮入りでなければなおよかったのに。

さて、問題は妹たちである。

「いやーっ！　お姉様っ！　行かないでぇ！」

「あたしもお城に行くーっ！　連れてってぇ！」

そう。この妹たち、私にベタベタに懐いているのだ。

最初はお姫様だとか素敵だとか言っていたくせに、いざ私がいなくなることを実感したとたん泣きついてきて困ってしまう。

父と継母は困惑した。それもそうだろう。

ふたりは娘たちを放置してデート三昧、そのあいだは私が妹たちの世話をしていたのだから。

妹たちも当たり前だが両親より私に懐いている。

「オーロラ、ローズ、ふたりで仲良くね。何があってもふたりで乗り越えるのよ」

私にはふたりの妹たちを抱きしめて慰めるしかすべがなかった。

それに妹たちのことも気になるけど、私にはもうひとつ気がかりなことがある。

それはひそかに慕っている人のことだ。

恋愛に興味のなかった私でもつい半年ほど前に気になる人ができたのだ。

王宮入りするとなれば、万が一どこかで会えたとしてもその頃の私は王の妻という立場だ。

気軽におしゃべりすることだってできないだろう。

「もう一度くらい、会いたかったなあ」

自室の窓から夜空の星を眺めては、彼のことを思い出した。

◇

「クオーツ伯爵家のご令嬢ですね」

半年前の夜のことだ。

パーティーに疲れきった私が人気《ひとけ》のないバルコニーで空を眺めていると、ひとりの男性に声をかけられた。

銀髪碧眼で、ほっそりとした美しい容姿の人だった。

その微笑みからは甘く優しい雰囲気が漂っていて、私は一瞬で心を奪われた。

「はい、そうですけど」

少し緊張しながら返答した。

だって、ついこのあいだ読んだ本に出てきた美麗な男性像そのものだったから。

「僕はノゼアンと言います。あなたとお話がしたかった」

「えっと、どちらのお方ですか？　ごめんなさい、存じ上げなくて……」

今まで見たこともない人物だから慌ててしまう。

貴族の中に、これほど美しい男性がいただろうか。

「失礼しました。僕はノゼアン・ノーズライトと申します」

「そうですか」

頭の中で必死に覚えた家名を思い浮かべるもどこの家門かわからなくて、あっさりした返答になってしまった。

いくら私が社交界に疎いとはいえ、一応貴族の家門くらい記憶しておいたはずなのに、ノーズライトという家名についてはこのとき初めて知った。

彼は、そんな不愛想な私にも負けず、さらに笑みを深めた。

「あなたの噂をよく耳にするんですよ。とても賢明で勉強家なのだとか」

「いえ、ただ読書が好きなだけです。社交界での情報もやっとついていけるほどでして……、ノーズライト様のことも存じなくて、申し訳ありません」

「それは気になさらないでください。僕はそういった女性のほうが好きですすね」

ふわっとした笑顔を浮かべて、さらりと、彼はとんでもないことを口にした。

もしかしてこれは口説かれているのだろうか？

人生でこんなことは初めてだ。貴族の令息は華やかで美人でおしゃべりが上手な令嬢を好むから、本好きで基本ひきこもりの私に声をかけてくる人なんてほぼいないのだけど。

めずらしい人だなあと思った。

だけど、悪くない。私のことを好きだと言ってくれる稀有《けう》な男性で、そのうえ綺麗だし優しそうだし、仲良くなってもいい。

そう思っていたら、彼からお決まりのお誘いを受けた。

「よかったらお茶でも飲みながらお話ししませんか？」

もちろん了承した。

ノゼアンはとても紳士的で、がつがつしてこなかった。お茶を飲みながら私の好きな本の話題を持ち出してくれるし、私の知らない社交界での話もしてくれた。

夜会が終わる頃には私たちはお互いに名前で呼び合い、まるで昔からの友人のように親しく話した。

あっという間に時間が経ち、名残惜しい気持ちを抱《いだ》きながら彼と別れた。

「あなたにはいつかまた会えると思っています」

そんな意味深な言葉を、彼は残していった。

◇

そんなパーティーの夜から、私の心の中にはずっと彼がいる。

ほんの二時間程度だったのに、数カ月が経った今でも彼の姿や声や、仕草や、何を話したのかさえ鮮明に思い出せる。

日が経つにつれて忘れるかと思いきや、頭の中でどんどん彼が美化されていくのだ。

いつか会えるっていつなんだろう？

そんなことばかり考えてしまって、読書をしても内容が頭に入ってこない。

夜空を見上げるたびにノゼアンの顔が浮かんでくる。

もしかしてこれが恋なのかなと思ったりしたが、よくわからなかった。

誰かと恋愛について語ったりしたことなどないし、だいたい親から愛情をろくに受けていないのだから、誰かを愛する気持ちなど理解できない。

ただ、あの美しい彼に会いたい気持ちだけが強かった。

けれど、この半年間まったく彼と再会することはなくて、いい加減に諦めなきゃいけないというときに、王宮入りが決まった。

これはいい機会なのかもしれない。

もう会えない人をきっぱり忘れ、毒親たちと離れられる。

私の新しい人生がスタートするのだ。

「――そういえば王宮の書庫は広いのかしら？　うん、きっと広いわね」

少しだけ痛む胸は、読書でまぎらわせることにしよう、と私は小さく頷いた。


そして王宮に向かう前日の夜、クオーツ伯爵家には人があふれていた。私の王宮入りを祝うという名目で、今までほとんど関わったことがない親戚たちがどっと押し寄せてきたのだ。

「このたびはおめでとうございます」

「ありがとうございます」

私は父のとなりですべての客に対応しなければならなかった。

長時間にわたって笑顔を作り、そろそろ表情筋が攣《つ》りそうだ。

こんなことをしている暇があったら何冊本が読めるだろう？

私は笑顔を保ったまま胸中で何度もため息をついた。

父は偉そうに胸を張って「娘がこれほど聡明に育って私も誇らしい」などと言っている。

――いやいや、あなた、私のことほとんど知りませんよね。なんなら私がどんな本を好み、学校で何を学んだのかも、商売人の真似事をしていたけど成績が学年トップだったことだって知らないでしょう。

本当におめでたい人ですね。

冷めた目で父を見つめていたら、今度は継母が口を出した。

「立派に育ってくれて、わたくしも感動しておりますわ。血のつながりがなくてもアクアはわたくしの娘に違いませんもの」

一体どの口が言っているのだろうと呆れる。

外面だけは完璧ですね、お継母《かあ》様。

私が着飾ることをあれほど嫌がっていたのに、今日は高級衣装店でオーダーした立派なドレスを着せてくれたのだから。

今日私が着ているのは、淡いブルーの生地に細かい刺繍と宝石がちりばめられ、シンプルで清楚なドレスである。

そんな私のとなりで継母は真っ赤なドレスを着て、かなり目立っている。ネックレスや宝石もきらびやかで、一体どちらが主役なのかと問いたいが、面倒なので言わない。

とりあえず、この芝居じみた家族ごっこが早く終わってくれないかと、そればかり願っていた。

そんなときだ。

「あははは、お母様のほうが目立ってる！」

「ほんとだあ。お姉様のお祝いなのに！」

遅れてやってきた無邪気な妹たちが、見事な突っ込みをしてくれた。

客たちは苦笑し、継母は真っ赤な顔をしてふたりに「黙りなさい」と注意した。しかしあまりに恥ずかしかったのか、彼女は急いで自室へ戻っていった。おそらく黒のストールでも巻いて目立たなくするつもりだろう。

大声を上げて笑いたくなるのを堪える。

「――あなたたち、ほんと最高だわ。だけど、あまりお母様のご機嫌を損ねないようにね。約束できる？」

自分の子どもにも無関心な女だ。今後私がいなくなって妹たちがつらい思いをするのではないか、それが気がかりだった。使用人たちにくれぐれもよろしくと伝えてはいるが、それでも心配だ。

笑顔と少しの不安を込めてふたりの頭を撫でると、妹たちは目をキラキラさせながら頷いた。

「うん。オーロラいい子だよ。お姉様との約束守る！」

「ローズもいい子だよ。お姉様！」

ふたりの視線があまりにもまっすぐで、私は胸がぎゅっとなり、妹たちをそっと抱きしめた。

私の王宮入りの祝いと称した夜会は、夜遅くにようやくお開きとなった。結局父も継母も自慢をしたいだけで、私はただ人形のようにその場にいるだけだった。

寝る支度をして自室のベッドに座ると、疲れがドッと押し寄せて息を吐いた。

そこへノックの音がして眉をひそめた。

何か用事でもあっただろうか、と思いながらドアを開く。

するとなんとそこにいたのは継母だった。当たり前だけどそんなことは初めてで驚いてしまう。

「……早朝に出発するので早めに休みたいのですが？」

今夜の夜会への苦言か何かだろうか。

最後まで嫌な思いをしたくない。話があるならさっさと終わらせたい。

顔をしかめながらそう言うと、継母は思いがけない行動に出た。

いきなり私に頭を下げたのだ。

「今までのおこないを謝るわ。だから許してちょうだい」

一瞬何が起こったのか理解できず、固まってしまった。

しかし、継母がわざわざそんなことをした理由はすぐにわかった。

明日、私は国王の妃となる。そんな私に今まで意地悪をしていたという噂が、社交界で出回るのを恐れているのだろう。

それに気がついた瞬間に、すっと頭が冷えた。

父と会話をする私が気に入らないからと私の頬を引《ひ》っ叩《ぱた》いたこと。

父に見えないところで怒鳴ってきたこと。

一緒に食事をしたくないからと私だけ部屋に閉じ込めたこと。

私の子供の頃のドレスをすべて捨てたこと。

その中でも一番つらかったその思い出に、私はぎゅっと目をつぶった。

捨てられたものの中には、亡くなった実の母が買ってくれたドレスもあった。

今さらそれを責めたところでドレスが戻ってくるわけじゃない。

それでも、これで最後だし一発くらい、いいかなと思った。

「顔を上げてください」

そう言って継母が顔を上げた瞬間、私は彼女の頬を思いきり引《ひ》っ叩《ぱた》いてやった。

結構いい音がした。

驚いて固まっている彼女に、私は告げる。

「子供の頃叩かれたので、お返しです。だけど、あなたにされたことがこれだけで帳消しになるとは思えないので、許すつもりはありません」

「そ、そんな……」

継母の目が見開かれる。その表情を見ても、別にスッキリはしなかった。

「ご安心ください。私はあなたに一切関心がありませんから。王宮入りしてもあなたの話題を持ち出すことはないでしょう」

「あ、そう……そうよね」

継母はあきらかに安堵の表情になった。

結局、彼女は自分の体裁が悪くなるのを恐れているだけだ。詫びる気持ちなど欠片《かけら》もない。本当に自分のことしか考えられない人なのだ。

もう一発くらい殴ってもいいのかもしれないけど……

「あなたはもっとオーロラとローズに目を向けてあげてください。まだまだ母親が恋しい年齢です。では、もう寝ますから出ていってください」

こんな人でもふたりの子の親なのだから、しっかりしてほしい。

それだけを祈って言うと、継母はばつが悪そうにわずかに頷いて、そそくさと部屋を出ていった。

もう二度と、継母と会うことはないだろう。父とは王宮で会うだろうけど、こちらも遠慮したいくらいだ。この家を出ることに寂しさを感じるような愛情を、父たちから受けることはなかったのだから。

はぁ、疲れた。

そのままベッドにうつ伏せになると、思ったよりも継母との会話に体力を使っていたのか、私の意識はすぐに闇に溶けていった。


翌日、王宮から立派な馬車が迎えに来た。

世間体のためか、家族全員と使用人たちが私の見送りをした。

父は「立派にやりなさい。お前なら正妃の座を勝ち取れる」などといかにも自分が立派に育てたと言わんばかりに私の肩を叩こうとする。

とりあえずその手をかわして、控えめに笑って「はい」と返事をしておいた。

継母は私の目を見ようともせず、「お元気で」と言った。

それにも笑みを作って「はい」と返事をした。

「お姉様っ！　行かないでえっ！」

「寂しいよおっ！　お姉様っ！」

オーロラとローズは泣きながら飛びついてきた。ようやく私は張りつけた笑みを緩めて、二人を抱きしめた。

「手紙を書くからね」

「絶対よ！」

「あたしもお手紙を書くから」

ふたりの額にお別れのキスをする。それから、馬車に乗り込んだ。

馬車の窓から見える、今まで暮らしていた伯爵領の景色が遠ざかっていく。町を出る頃までは妹たちのこと、これからの生活のことが少し不安だった。

けれど、しばらく馬車を走らせ、王都が見えてくるうちに、私は息を深く吸い込んだ。

もう、家を出てしまった私がこれからできることは限られている。

王宮入りに際して、私に命じられたのは王の五番目の妃になること。

つまり側妃になることだ。

王宮にはすでに四人もの妃がいて、そのどれもが側妃であり、正妃はまだいない。

なぜ四人も妃がいて、さらに私が選ばれたのかは定かではない。

けれど、それだけ妃がいれば権力争いが勃発しているだろうことは想像に難くない。

正妃がいない、ということは、どの妃も次代の国王を生む国母になりうるということだ。おそらく四人の妃たちは半端ではない重圧を抱えているだろうが、はっきり言って私には関係ない。

クオーツ伯爵家がどうなろうと知ったことではないし、一応命令どおり嫁いだ身ではあるが、私は正妃の座に興味がない。

私としては権力争いに巻き込まれないようにひっそりと身をひそめ、大好きな本を読みながら優雅にお茶でも飲んで暮らしていきたい。

つまり、まずは妃たちに私は無害だということを証明しなければならない。

それには王の寵愛を受けるようなことがあってはならなかった。

「ふっ……すべて今まで読んできた本の受け売りだけどね」

とはいえ、私物を王宮に軽々しく持ち込むわけにもいかない。何冊か持っていた本は実家に置いてきてしまった。

鞄の中に潜ませておいた、分厚い革綴《かわと》じの冊子を取り出す。ただパラパラとめくってもそこには何も書かれておらず、白紙のページが続くだけ。

これは雑記帳だ。

本の代わりに、王宮のリアルをここに綴《つづ》って楽しむために持参した。

そう。私は目立たずひっそりと過ごしながら王宮で起こった面白い出来事を記し、平穏な暮らしに刺激を加えながらあくまで傍観者として楽しい王宮暮らしを満喫するのだ。

私は妃教育を受けていないので早々に正妃争いから離脱します。というよりも、最初からそのステージには上がりません。

この態度をあからさまにしておけば、他の妃たちから恨まれたり疎まれたりしないだろう。

これは幼少期から培《つちか》ってきた災いを避ける方法だ。

継母のおかげでこんな知恵がついたので、そこには感謝すべきかもしれない。

はたして、ずっしりと重たい冊子が埋まるまで王宮に居るのだろうか、などと思っているあいだに王都の賑やかな中心部に差しかかった。

民たちの拍手や歓声が聞こえる。国王が新しい妃を迎えるということで、町はお祭り騒ぎだった。

シルバークリス王国の王都、セントプラチナは白い建物が多く、淡いブルーの屋根が並ぶ独特の町だ。太陽光のある昼間には町全体が輝いて見えるので【宝石の町】と呼ばれている。

そもそもこの国は、【生命の石《ラピスヴィータ》】と言われる守護宝玉の不思議な力に守られている。このおかげで豊富な資源と温暖な気候に恵まれ、人々は豊かに暮らしている。

ところが、この宝玉を狙う他国から幾度となく攻め込まれそうになった。それを退《しりぞ》けていたのが国王、シエル・ラズライト陛下である。

彼は神殿から【生命の石《ラピスヴィータ》】の祝福を受けた正式な王国騎士でもある。王になる前は騎士として戦場で数々の武功を上げた戦《いくさ》の神と呼ばれる人物だ。

——一体どんな人だろう？

馬車が進むごとに、さすがに緊張も高まってきて、荷物に冊子をしまいなおす。

王城に到着すると、侍従や侍女たちによる盛大な出迎えを受けて、謁見《えっけん》の間へと連れていかれた。

扉が開かれると、謁見《えっけん》の間の中には険しい顔つきの騎士たちがずらりと並び、重臣たちは全員硬い表情をして直立不動の姿勢を保っていた。

そして一段上がった中央には玉座がしつらえられ、国王陛下が座している。

国王への拝謁など初めてのことで、パーティーも苦手な私にはかなりハードルが高い。

それでもなんとか作法を思い出しつつ、頭《こうべ》を垂《た》れた。

「顔を上げよ」

命じられ、ゆっくりと見上げると、視線の先には艶《つや》やかな黒髪に燃えるような真紅の瞳があった。

——これが、戦《いくさ》の神ともいわれるシエル陛下。

その鋭い眼差しに、わずかに怯んだ。彼が戦場に立てば背中にドラゴンが見えると言われている。

その噂はどうやら本当のようで、見つめられているだけで全身が震え上がるほど怖かった。

だけど、そんな動揺に気づかれないよう、私はあくまで平静を保つよう口角を上げ、お腹に力を入れて踏ん張った。

「アクアオーラ・クオーツ伯爵令嬢。そなたにはシエル・ラズライト国王陛下の五番目の妃として『水宝玉《アクアマリン》の妃』の称号を与える。本日よりクリスタル宮で暮らすことを命じる」

重臣のひとりが、手もとにある紙を高らかに読み上げた。

それを合図に、私はドレスの裾を持ち、丁寧にカーテシーをおこなった。

「国王陛下にご挨拶申し上げます。アクアオーラ・クオーツでございます」

「ああ、もういい。それ以上言うな」

思わず「は？」と声を上げそうになったのを、すんでのところで飲み込んだ。

するとシエルは私を冷ややかに一瞥《いちべつ》し、さらに続ける。

「必要なものは与える。しかし俺がお前を愛することはない。公《おおやけ》の場で妃として振る舞っていればそれでいい」

その言葉に周囲が少しざわつくのが聞こえる。

「ああ、また陛下のお気に召さない令嬢だったか」

「仕方あるまい。見ろ。オパール妃に到底及ばない娘だ」

「オパール妃は絶世の美女だぞ。この娘と比較などするな」

「そうだな。それに、ルビー妃やアンバー妃にも及ばないな」

「それどころか、まだ子供のガーネット妃にも敵わないのではないか？」

「痩せこけた貧相な娘だ。――なぜ彼女のような女を？」

聞こえているんですけど。他の妃と比較して私に恥をかかせるつもりだろうか。

俯《うつむ》いたふりをしながら顔をしかめると、周囲はさらに囁きを増やした。

「あの娘、泣くのではないか？」

「アンバー妃は泣いていたな」

「ルビー妃も泣いただろう？」

「あの妃はプライドが高いからな」

好き勝手なことを言う。だけどもっと腹が立つのは、自分の臣下がこれほどおしゃべりをしているのに何も言わない王様よ！　それともわざとなのかしら。こうやって新しい妃に恥をかかせる行為をして精神力を試しているとか？

上等だわ。こんなの私の人生においては日常茶飯事。まったく響かないわよ。

背筋を伸ばして冷静に、まっすぐシエルに目を向ける。それから、その鋭い眼差しに負けないほどの眼力を送ってやった。そして、堂々と言い放つ。

「結構でございます。私も陛下を愛することなどございませんので」

……しまった。平民に交ざって商売をやっていたとき、失礼な貴族と出くわすたびに強く反撃していた癖がここで出てしまった。

相手は国王陛下なのに、私は何をやっているの？

これでは隠遁《いんとん》生活どころか、不敬罪に――と恐る恐る様子をうかがうと、シエルはまったく表情を崩さないままでじっと私を見ていた。

ひやりと背中に悪寒が走る。

このまま牢獄行きになりますかね？

ドキドキしながら反応を待っていると、別のところから声がした。

「あははは！　本当にアクアは面白いね！」

場違いな笑い声。でも聞いたことのある声だった。

これはずっと待ち望んでいたはずの――

振り向くとやはり、思った通りの人物がそこに立っていた。

「ノゼアン様！」

思わず叫ぶと、周囲がどよめいた。

「なんとあの娘、殿下と知り合いだったのか？」

「まさか、社交の場へ出ていかれることのない殿下がなぜあの娘と？」

殿下とはどういうこと？　だってノゼアンの家名はノーズライトで、シエル陛下のものとは違ったはず……

訝しく思いながらノゼアンを見つめていると、彼はにこにこしながらシエルに話しかけた。

「せっかく王宮入りしてくれた妃に失礼ですよ、国王陛下」

シエルがじろりとノゼアンを睨《にら》むように見下ろす。

「わざわざそんなことを言うために来たのか？」

「うわ、機嫌悪いなあ」

凄むシエルの視線はあくまで冷たい。しかしノゼアンはまるで友だちに話すような口ぶりのまま肩をすくめた。

一体どうなっているのかわからず周囲を見まわすと、重臣たちも予想外だったのか、息をのんでふたりの会話を拝聴している。ノゼアンは笑みを真面目な顔に戻すと、穏やかな声で言った。

「あなたの跡継《あとつ》ぎをもうけてくれる大切な妃です。ぞんざいな扱いをしないほうがよろしいのでは？」

「俺は事実を言っただけだ。妃としての待遇は充分に与える。必要なものがあればすべて揃えてやる。これ以上の贅沢はないだろう？」

「そういうことじゃないんだけどね」

「もういいだろう。俺は忙しい。あとのことは侍従に任せる」

そう言うと、シエルは不機嫌な表情のまま立ち去ってしまった。私を見ることもなく。

とりあえず発言を咎められることはなくて安堵したけれど……

ちらりとノゼアンに目を向けると、視界を遮《さえぎ》るように侍女が現れた。

「アクア様、クリスタル宮にご案内いたします」

尖った眼鏡をかけた、険しい顔つきの中年の女性だ。昔うちにいたメイド長に雰囲気も口調も似ているから、たぶん厳しい人だろう。

「……はい」

返事をすると、侍女はさっさと歩き出した。その背中に慌ててついて行く。

それから少しノゼアンに目を向けた。

もう少し話したい気持ちを堪えて会釈をすると、彼は手を振ってくれた。手を振り返そうとしたら、侍女が「ごほんっ」とわざとらしい咳払いをしたのでやめておいた。

いろいろとわからないことばかりだけど、それでもノゼアンが王宮にいてくれるなら心強い。

まさかこんなところで再会するなんて。

嬉しくてつい頬が緩んでしまう。

すると、侍女が突然立ち止まった。鋭い視線が突き刺さる。

「あなたはノーズライト殿下とお知り合いなのですか？」

「はい。でも、ノゼアン様がまさか王族の方だなんて知りませんでした」

「――あまり人前で殿下と親しくしている姿を見せないように。仮にもあなたは妃なのです。ここでは立場をわきまえなさい」

「はい、わかりました」

厳しい口調で言われたので、とりあえず素直に返事をしておいた。

すると少しは心証がよくなったのか、侍女はわずかに目もとを和ませた。

「いいでしょう。わたくしはクリスタル宮を統括する侍女長のカイヤです。必要なものがあればすぐに手配します。その代わり、何か問題事があればすぐに報告をすること。よろしいですね？」

カイヤは胸を張って、私の少し前を歩きながら早口で説明する。

こういう人には素直になっておくのが一番だ。

「はい、わかりました」

「それと、妃となった以上これまでのような言動は通用しません。陛下にあのような振る舞いは二度となさらないように！」

カイヤはいきなり振り返って、尖った眼鏡を光らせながら私をじろりと睨《にら》みつけた。

うん、この人は怒らせないようにしたほうがいいわね。

私が「はい」と返事をすると、カイヤはふんっと鼻を鳴らし、再び前を向いて足早に進んだ。

「クリスタル宮には他の妃も暮らしています。月に一度、妃たちとの茶会が催《もよお》されますから必ず出席なさいませ。また、茶会を開く妃は入れ替わります。あなたの番もいずれ訪れますからね」

……そんなことがあるんだ。面倒だなあ。パーティーだって億劫なのに。

ただ、そんなことを言ってまた睨《にら》まれてはかなわない。大人しく頷いて歩を進める。

カイヤはそんな私を見もせずに、さらに言葉を続けた。

「また、王宮のパーティーに妃は全員、陛下とともに出席することになります。衣装はわたくしが決めます。ドレスの色が被らないようにするためです。わたくしの意見を拒絶することはできません」

「はい、わかりました」

ドレスの色はどうでもいいから構わない。

あっさり頷くと、カイヤは一瞬目を見開いたがすぐにまた口を開いた。

「クリスタル宮から出るにはわたくしの許可が必要です。城内と庭園は自由に歩けますが、宮殿の外へ無断で出ることは禁じられています。もちろん王宮へ出入りすることはできません。――さて、何か質問はございますか？」

やっと説明が終わった。遠慮なく用意しておいた質問を口にする。

「あのう、図書館はどこにありますか？」

カイヤはぴたりと足を止め、くるりと振り返ると片方の眉だけ吊り上げた。

「図書館？」

「はい。本が読めるならどこでもいいんですけど」

「王宮図書館がございます。ただ、その場所は王宮とクリスタル宮の中間にございます。この城を出ることになりますから、行くには当然わたくしの許可が必要になります」

「では今、図書館への出入りを許可していただけないでしょうか？」

そう言うと、カイヤは呆気にとられたように口を開けて、数秒制止した。

城の外へ出るなと言われてすぐに、外出許可が欲しいと訴えているのだから、彼女が呆れるのはわかる。だけど、この機会を逃すと次はいつ許可が得られるかわからない。

平和な生活はしたいけど、ただ自室で軟禁されるのはまっぴらだ。

せめて王宮の本ぐらい自由に読める生活がしたい。

お互いにじっと見つめ合う。たった数秒だったのだろうけど結構長く感じられた。

私が一歩も引かないことに根負けしたのか、カイヤはため息まじりに頷いた。

「……わかりました。近いうちに侍女をここに寄越《よこ》します。その者に案内させましょう」

「ありがとうございます」

やった！

カイヤは不満そうな顔で何か言いたげだったけど、気にしないことにした。

「では、こちらへ」

そうこうしているあいだに、私に割り当てられた部屋へ到着したようだ。カイヤが扉を開いてくれる。中は、白を基調とした明るい室内に同系色の家具が置かれている広い部屋だった。大きな天《てん》蓋《がい》付きのベッドは、シーツが淡い水色をしていて可愛らしい。

ついでにクローゼットを開けてみるとすでにドレスが数着あった。どれも青系統だ。【水宝玉《アクアマリン》の妃】という名を与えられたから、部屋やドレスがこういった色で統一されているのだろう。

妃のドレスの色が被らないようにカイヤが割り振っているということだったから、もしかしたら妃によって部屋の色も異なるのかもしれない。

そのあとは侍女が食事を運んできてくれて、着替えまで手伝ってくれた。

正直今までひとりで何でもこなしてきたから、侍女に手伝ってもらうなんて妙な感覚だ。

「ああー疲れた」

誰もいなくなってひとりになると、ベッドに仰向けにダイブする。

シーツが柔らかくて心地いい。実家の私の部屋よりだんぜん寝心地がいいわ。

このまま眠ってしまいたいけど、せっかくの自由時間を満喫したい。

私はベッドから起き上がると、窓際にあるテーブルに持ってきた白紙の雑記帳を置いた。それから椅子に腰かけて、羽根ペンにインクをつけ、さっそく今日仕入れた出来事を書き記す。

『王様は妃に無関心』

あの調子ならば今後、国王と公式の場以外で会うことはほとんどないだろう。

思い描いた以上に快適な暮らしができるかもしれない。そう思うと、少し気が晴れてもうひと言付け加えた。

『性格はサイアクだけど顔は綺麗』

思わずふふっと笑いが洩《も》れた。

今まであれほど顔が整った男性に出会ったことがない。貴族学院時代、貴族の令息でそこそこ容姿の整った男はいたが、あれほどきりっとして凛々しく美しい彼にはとうてい勝てないだろう。

まあ、私はノゼアンの優しい表情のほうが好きだけど。

あとは忘れないように侍女長の性格と侍女たちの印象や王宮とクリスタル宮の配置とか、そんなことを記しておいた。

そして、肝心なことを忘れてはならない。

『ノゼアンと再会』

色白の肌に美しい銀色の髪。線の細いすらりとした体型はどこか儚《はかな》さを漂わせている。そして、穏やかな微笑みと人当たりのいい性格は、王宮ですら周囲の空気を穏和にしていた。

今だって、彼が王宮にいるだけで安心できている自分がいる。

「ふわぁ……」

ノゼアンについて考えていると、心地よい眠気が襲ってきたのでペンを置き、雑記帳を閉じた。

ベッドに飛び込んで、すぐに眠りに入る。

今夜はノゼアンの夢を見て癒されたい。

そう思っていたのに、実際に出てきたのは私を睨《にら》みつけるシエルだった。

何この悪夢。きっとあれね。あまりに印象が強すぎたせいだわ。

『俺がお前を愛することはない』

私だって従順に王様を愛したりしないわ。

だいたい愛なんてよくわからないし。お願いだからもう夢に出てこないでほしい。そう願ったのに、意外とシエルは私の睡眠の邪魔をした。

本当に迷惑なお方ですよ。

彼が夢に現れたことは、もちろん雑記帳に記しておいた。


それから数日後。

カイヤはきちんと約束を守ってくれた。図書館へ案内してくれる侍女が私の部屋を訪れたのだ。

どうやら彼女が私の専属侍女になるらしいので、できるだけ仲良くしておきたい。

「よろしくね」

笑顔で迎えたのに、彼女は無言で目をそらした。

愛想がないどころか、感じが悪い。実家でも似たような使用人がいたのでどこも同じかと嘆息する。

彼女は無表情のまま、私を外へと促した。

一応職務を果たす気はあるようで、クリスタル宮を案内し、このあと図書館まで連れていってくれるそうだ。

まあ、図書館に行けるなら、別に態度なんてなんでもいい。

私は彼女に従って、外へと歩き出した。

クリスタル宮には窓からたっぷりの陽光が差し込み、宮殿内は美しくきらめいている。

壮麗な宮殿の柱廊を歩いていると、ワインレッドの豪奢なドレスを身につけた女性とオレンジと黄色の絶妙な色合いが重なったドレスを身につけた女性がこちらに向かってやってきた。

背後には侍女たちが追随《ついずい》しているので、ふたりは妃だろうとすぐにわかった。

この宮殿にいればいずれ会うことになるのはわかっていたので、私はあらかじめ準備しておいた挨拶をふたりにおこなった。

「はじめまして。クオーツ伯爵家のアクアオーラと申します。このたび五番目の妃としてクリスタル宮へ入りました。先輩方にはいろいろとご指導いただきたく存じます」

すると、黄色のドレスを着た妃がにやにやしながら前に出てきた。

「ふうん。あなたが新しい妃なのね。まあ、六十点ってところかしら」

初対面の人間に点数をつけるなんて……しかも微妙な点だわ。

外見から年齢は私とそれほど変わらない。もしくは年下と思われる。

複雑な気持ちを抱えながらも、ここは黙ってやり過ごすことにした。

あくまで目立たないように、平穏な暮らしをしたいという私の目的を壊されないように。

笑顔で会釈をすると、今度は赤いドレスを着た妃が話しかけてきた。

「あたくしはコランダム侯爵家のルビーよ。三番目の妃なの。よろしくね。アクアオーラ妃」

「どうぞアクアとお呼びください」

「ではそうさせていただくわ。アクア」

ルビーは赤毛で紫紺《しこん》の瞳を持つ妖艶な雰囲気の妃だ。

ひと目でプライドの高そうな人物だとわかったけど、気さくに話してくれるので少し安堵した。

すると、先ほどの妃がすかさず口を挟む。

「でも、ルビー様は実質二番目の妃ですよね。だってガーネットはまだ子供だし。オパール様がいなければルビー様が陛下の寵愛を受けていてもおかしくないんですから」

ルビーは複雑な表情で眉をひそめる。

「あたくしのことはいいから、あなたは自分のことを紹介しなさい。相手に失礼よ」

指摘を受けた妃は慌てて私に顔を向けた。

けれど、私と目が合った瞬間に不敵な笑みを浮かべた。

「エレクトロン伯爵家のアンバーよ。ようやく後輩ができて嬉しいわ。わからないことがあればこのアンバーが教えてあげてもいいわよ」

胸をとんっと叩いてみせるアンバーは、相当私を見下しているのだろう。

私の返事を待つことなく話を続けた。

「ここでは暗黙のルールがあるの。抜け駆けは禁止よ。妃には序列があってあなたは一番下。だから、陛下とお話しすることはおろか、お会いすることだってできないわ」

そうですか、と頷こうとしたが、アンバーはその間さえ与えてくれない。

「それと、今ここには正妃がいないのだけど、第一候補はオパール様なの。彼女は一番目の妃で、プレシアス侯爵家のご令嬢よ。あなたもご存じでしょう？」

ようやく返事をすることを許された。

とりあえず聞いたことのある家門なので「はい」と言った。

するとアンバーはさらに目を輝かせた。

「プレシアス侯爵家は王宮に忠実な家でその分陛下の信頼も厚いわ。けれど、それだけで正妃になれるとは限らないのよ。まだここにいる妃全員がその可能性を持っているのだもの」

よくしゃべるなあと思う。

だけど、こちらから訊《たず》ねる前に情報を与えてくれるので、なかなか貴重な情報源とも言える。

「丁寧にご教示いただき感謝します」

彼女の話が途切れたときに、私は笑顔で礼を言った。

そこでわずかに生まれた沈黙に、ルビーが微笑んで言った。

「近いうちにあたくしが主催の茶会を開くの。よかったらあなたも出席してね」

その言葉にどきりとした。

早くも妃の第一試練。もう少しあとだと思っていたけど意外と早かった。

「ありがとうございます。ぜひ出席させていただきます」

にこやかに返答すると、ルビーは満足げに微笑んでその場を去った。

アンバーはなぜか私に向かって「ふんっ」とわざとらしく鼻を鳴らしていった。

ああ、雑記帳のネタが増えるわ。

待機していた侍女と目が合うと、彼女は無言で歩き出した。慌ててついて行く。

クリスタル宮の庭園から王宮へと続く道には門兵がいて、厳重に管理していた。王族以外が利用する施設に続いているから、宮殿内への侵入を防ぐためだろう。

今までは見ることのなかった光景を面白く思いながら歩いていると、侍女が分かれ道で急に立ち止まった。

「私はクリスタル宮から出られません。なので、ここからはアクア様おひとりでお行きください。図書館へは右の道から行けます」

「ありがとう」

なんだかんだ丁寧だったし、優しかったんじゃない？

侍女に礼を言って、カイヤから得た許可証を受けとると私は正門を出た。

丁寧に植樹された道を歩くと、小鳥のさえずりが心地よく響いている。けれど、歩を進めるごとにそれはだんだん威勢のよい声に変わっていった。

同時に金属がぶつかりあう音まで聞こえてきて、体がビリッと衝撃を受ける。

何事かと顔を上げたら、騎士と思われる服装の男とすらりと背の高い上半身裸の男が剣を打ち合わせていた。

そのうちのひとりは――

「え？　シエル様」

驚いてうっかり声に出てしまい、慌てて口を塞ぐ。そしてすぐに近くの茂みに身を潜めた。

少し離れた場所なのであちらからは気づかれていないはずだ。

緊張で高鳴る鼓動を落ち着かせようと深呼吸をする。

どうしてこんなところで会ってしまったのだろう。

というよりも、図書館はどこ？　たしかにこちらの道と聞いたはずだけれど……

とりあえず、今はこの状況から逃れることを考えなければならない。

剣を交える音がやたら耳に響く。再びそろりと様子をうかがってみると、きらびやかな光景が目に飛び込んできた。風になびく黒髪と、ほとばしる汗と、相手を威嚇《いかく》するような鋭い真紅の瞳。

そして、軽々と剣を扱う鍛えられた肉体。

うっかり見惚《みと》れていたら、シエルの剣が弾き飛ばした相手騎士の剣がこちらへ飛んできた。

「ひえっ」

慌てて身をかがめる。剣は幸い、私の手前にある分厚い木の柵に突き刺さったけれど、今度こそ大きな声が出てしまう。

そろりと視線を上に移動すると、ばっちりシエルと目が合ってしまった。

その眼力に、私は動けなくなった。勝手にこんなところに来て怒られるかもしれない……。そう危惧《きぐ》したが、意外にも彼は冷静に騎士に話しかけた。

「ベリル、どうやら虫がいるようだ」

「はい？」

ベリルと言われた騎士は私に気がつかなかったようで、シエルの言葉に首を傾《かし》げている。

シエルはわずかに首を横に振ると、柵の上に置かれたシャツを手に取った。

「今日はこれくらいにしておく。もっと鍛錬しろ」

「……すいません」

ベリルと呼ばれた騎士は肩をすくめ、嘆息した。

シエルはシャツを素早く羽織《はお》るとさっさと訓練場を立ち去った。

ああ、よかった。絶対ばれてたけど見逃してくれた。でも、どうしてかしら？

まあ、そもそも妃に興味がないのだからどうでもいいのかもしれない。

緊張の糸が切れたせいか、立ち上がろうとしたら急に腰が抜けてその場に座り込んでしまった。

やだ私、結構怖かったのね……

立てるまでしばらくかかるかもしれない。

じっと座り込んでいたら、先ほどの騎士が何かをぶつぶつ呟きながらこちらへ向かってきた。

「はあ……鍛錬しろと言われても、あの人に敵うわけないよなあ……って、うわあっ！」

私の姿を見つけて、ベリルが悲鳴じみた声を上げる。

まさか誰かが、それも妃がこの場所にいるとは思いもしなかったのだろう。

「こ、こんにちは」

控えめに挨拶をしてみた。すると彼は顔を引きつらせながら私をじっと見つめた。

「えっと、あなたは新しい妃様ですよね？」

「はい、そうです」

「なぜ、こんなところに？」

「図書館に行くつもりだったんですけど、道を間違えたみたいで」

「図書館は真逆ですよ」

ベリルは森の向こうを指差しながら私に教えてくれた。

やっぱり私が迷ってしまったのね。

「そうでしたか……道を誤ってしまったようです。あの、すみません。起こしていただいてもいいですか？　腰が抜けちゃって……」

「大丈夫ですか？」

ベリルは私の手を掴んで起こしてくれた。

「ちょうど訓練が終わったところなので、俺が案内しますよ。ベリルと言います」

淡々とした人だが、笑うと結構な美青年だ。

翠《みどり》色の髪に深い赤茶の瞳。優しそうな雰囲気はノゼアンを彷彿《ほうふつ》とさせる。

「ありがとう。私はアクアです」

「ええ、知っていますよ。シエル様に初対面ですごいことを言っていらっしゃいましたよね？」

ああ、ベリルはあの場にいた騎士のひとりなのね。

今さらだけど恥ずかしくなってきた。

「すみません。自分でも反省しています」

「あはは、いいんですよ。面白かったので」

「え？」

「シエル様を困惑させることができたのはノゼアン様以外にあなたくらいですよ。ああいう表情が見れたのは結構お得だったなあ」

「そ、そうですか」

いやあ、私の目には普通にお怒りの表情に見えたのですが。

「まあ、そんなに警戒しなくても大丈夫ですよ。あの人は女性や子供には暴力を振るいませんから。あ、野郎は別ですけどね。俺なんかいつも殴られ蹴られ怒鳴られ、やれやれですよ」

そうは言いつつも笑っているベリルは、いじられやすい人なのかもしれない。

そして本人もそれを受け入れている。というか、喜んでいるように見えた。

シエルについてふたりで他愛《たあい》ない会話をしつつ、ベリルはきちんと私を王宮図書館まで送ってくれた。


「すご……こんなの町の図書館の比じゃないわ」

王宮図書館は今まで見たこともないほど壮大で、圧倒された。

美しい曲線を描く螺旋《らせん》階段に吹き抜けの天井とステンドグラスの窓。

そして、目がくらむほどの蔵書数。

これほど本があれば一生退屈することはないだろう。

ああ、神様ありがとう。私の人生にこんな潤《うるお》いを与えてくれて。

美麗な男性たちを目の保養にしながら毎日ちゃんと食事を与えられ、趣味をたっぷり堪能することができる生活なんて最高ですよ！

それもこれも、今まで実家で耐えてきたことの褒美《ほうび》に違いないわ。

インクの香りを胸いっぱいに吸い込んで、私は本棚の下で手を握りしめる。

さて、どこから手をつけようかしら？

目に入る書物は初めて見るものばかり。これは読み切るまでに一生かかるかもしれない。

さっそく手に取ったのは物語ではなく、王宮について書かれた書籍だ。無知のまま過ごすよりは多少知識を身につけておいたほうがいいものね。

そういえば、アンバーは少し想像した『意地悪なお妃様』に近かったけれど、思ったよりも優しかった。王宮のドロドロというのも、やっぱり物語で誇張されたものに過ぎないのかもしれない。

広大な庭園が見えるテーブル席に本を積み上げて、私はたっぷり読書を堪能した。

楽しい時間はあっという間に過ぎていった。

ふと本から顔を上げると、天窓から覗く空はオレンジ色からどっぷり紺に染まっている。

どうやら長居しすぎたようだ。

慌ててクリスタル宮へ戻る。

すると正門前で騒ぎが起こっていた。

門兵と言い争っているのは侍女長のカイヤだ。なぜかルビーとアンバーもいる。

なにがあったのかしら？

そう思いつつ近づくと、全員の視線が私を射貫《いぬ》いた。

「アクア妃がお戻りですわ！」

私の姿に気づいた侍女が突然わあっと泣き出す。

それを聞いたカイヤが門兵から私へ目を向けた。それもかなり怒りの形相だ。

カイヤはずんずん私に近づくと、問い詰めるような口調で訊《き》いた。

「あなたは、わたくしに嘘をつきましたね？」

「え？　何のお話ですか？」

「あなたが騎士訓練所に向かったと、この侍女から聞きました。わたくしはあなたが騎士訓練所へ行く許可など出しておりません」

——騎士訓練所？

それが何かもすぐにはわからなかった。けれど、恐らくシエルとベリルが訓練していた場所だろうと見当がつく。

私は慌てて理由を説明した。

「道を間違えてしまったのです」

「嘘です！　アクア妃は自らの意思で訓練所へ行き、騎士たちと会っていました！　私は見たのです！」

侍女の言葉に胸がざわついた。

たしかに私が騎士訓練所へ行ったのもそこでベリルと会ったことも事実。けれど、侍女はクリスタル宮を出られないと自分で言っていたはず。でも、彼と会った私の姿を目撃したということは、彼女が私を尾行していたことになる。

——侍女が嘘をついたの？　何のために？

「アクア妃は騎士たちと会って何がしたかったのかしら？　もしかして密会でもなさるつもり？」

アンバーの言葉に驚愕し、すかさず反論する。

「そんなこと絶対ありません。侍女の方に教わった道を行ったら、そのまま——」

「嘘ですわ！　侍女長様、アクア妃は私の言葉を無視して、まっすぐ騎士訓練所のある右の道へ向かったのです。図書館は左の道なのに！」

何を言っているの？　あなたはたしかに右の道だって言って……

反論しようとしたが、はたと思いとどまる。

これは私、侍女に嵌《は》められたのではないだろうか。

アンバーが何か言おうと身を乗り出すと、横からルビーがそれを遮《さえぎ》った。

「訓練所で稽古をなさる陛下を、あたくしも拝見したことがございます。けれど、それはきちんと許可を得てすること。アクア妃が陛下を見ようと嘘をついたのであればクリスタル宮の妃における決まりごとを違反したということになりますが、いかがでしょう？　侍女長」

ルビーのまっとうな意見に私は何も言い返すことができない。

だってシエルに会ったことも事実なのだから。

たとえそれが偶然だったとしても、今のこの状況下で私を信用してくれる人などいない。

嘘をついた侍女、怒りの形相のカイヤ、疑いの目で見ているルビーとアンバー。

ああ、詰んでしまった。ドロドロがないなんて、気のせいだった！

そう思って、瞠目《どうもく》した瞬間。

「何を騒いでいる？」

シエルが、ベリルとともに現れた。

ルビーは目を見開き、アンバーは軽い悲鳴を上げ、カイヤと門兵はすぐに深々と頭を下げる。

シエルは訓練所にいたようなラフな格好ではなく、それなりにきちんとした服装だった。

とはいえ、国王の正装というほどではない。だからこそこの夜道では誰も気づかなかったのだろう。

「これは陛下。このような時間においでになるとは、予定にはございませんでしたが」

カイヤが少し焦りを含んだような声で言うと、シエルは眉根を寄せて険しい顔つきになった。

「散歩をしていたんですよ！　たまたま通りかかったんです。そうですよね？」

ベリルが笑顔で同意を求めたが、シエルは真顔で無言のままだ。

この場の空気は凍りつくように冷えた。

ベリルは肩をすくめて、話題を変えた。

「それより、こんな時間にみなさん揃ってどうされたんですか？　そろそろ夕食の時間では？」

それにはカイヤが返答する。

「アクア妃が身勝手な行動をしたので叱っていたのです」

「え？」

「わたくしの許可なく騎士訓練所へ行ったようです。まったく、妃の立場でありながら男性の多くいる場所へひとりで行くなど言語道断。以前に嘘をついて騎士と密会していた妃もおりますからね。事実であれば厳しい罰を与えねばなりません」

ベリルが困惑の表情になった。このまま黙っていると本当に誤解されてしまうので、どうせ信じてもらえなくても潔白は主張しておきたい。

一歩前に進み出て、カイヤを見つめる。

「私は訓練所があることを知りませんでした。本当に道に迷ったのです」

「ではなぜ侍女を連れていかなかったのです？」

「彼女が自分はこの宮殿から出られないと言ったのです」

すると侍女はすぐさま反論に出た。

「嘘です。アクア妃は私を陥れようとしているのです。こんな下劣で品性の欠片《かけら》もない人が妃だなんてあり得ません！　どうかアクア妃を厳しく罰してくださいませ」

私はもう反論する気にもなれず、ただため息をついた。

どうせ証拠はないし、門兵も証人になってはくれないようだ。この件に関して関わりたくないのか遠くで傍観している。それに実際シエルとベリルを目撃しているのだから逃れようもない。

この侍女がなぜ私をそこまで敵視するのかわからないけど、ここはどうにか場を収拾したほうがよさそうだ。

まあ、これでもし王宮を追い出されたとしたら、実家にも戻れないだろうし市井《しせい》で生きるしかないだろう。そのときは――

そんなことを考え始めたときだ。

「おい」

シエルがひと声発した。それだけで、この場の全員が一斉に注目する。

「そこの侍女は解雇だ」

シエルの発言にみな硬直し、カイヤにいたっては目を見開いて狼狽《うろた》えた。

ベリルが慌てた様子でシエルを見つめる。

「あの、いきなり解雇というのは……」

「俺の妃を侮蔑《ぶべつ》したのだ。ここには必要ない」

意外な発言に驚いてしまった。

てっきり、彼も侍女のほうを信じると思っていたのだ。いや、私が勝手に訓練所へ行ったことよりも、侍女という立場で妃に暴言を吐いたことのほうが、彼の逆鱗《げきりん》に触れたのかもしれない。

目を瞬《しばた》かせると、シエルが一瞬こちらを見た。睨《にら》みつけるような視線だったが、悪意は感じない。

お礼のつもりで会釈をすると、すぐに視線はそらされてしまった。

一方、シエルに解雇を告げられた侍女は、顔面蒼白だった。地面に膝をついて深々と頭を下げている。

「ももも、申し訳ございませんっ！」

しかし、誰も彼女の肩を持つものはいない。

ルビーもアンバーも黙り込んでいて、カイヤは苦悶の表情を浮かべて彼女を見つめている。

シエルはそんなカイヤに鋭い視線を向けた。

「お前は侍女の教育もできないのか？」

「大変申し訳ございません」

カイヤは頭を下げて、それ以上のことを言わなかった。

シエルはそれきり誰と目を合わすこともなく、そのまま静かに立ち去る。

慌てて追いかけるベリルは一瞬だけ私と目を合わせて苦笑した。

嵐が過ぎ去ったように緊張感の抜けた空気の中、侍女が急にアンバーにすがりついて声を上げた。

「アンバー様、お助けください。私は平民の生活に戻りたくありません」

「うるさいわね。あなたはもう用済みだって言われたでしょ？」

「そんな……私はアンバー様のために」

「黙りなさいよ！」

アンバーに怒鳴られた侍女は驚いて固まった。

ふたりのやりとりを見てなんとなく理解した。

私を敵視していたのはアンバーであり、侍女に命じて私に誤った道を伝え、陥れようとしたのだろう。そして、その事情をおそらく知っているはずのカイヤは見て見ぬふり。

同じ妃であるルビーにとっても、手を下さずに敵が消えてくれるなら本望だろう。

なるほど、つまり私の味方はここにはいなかったわけだ。

ぐすぐすと泣く侍女の声だけが、門の前で響いている。

「アクア妃はしばらく謹慎です」

カイヤにそう言われて、私は素直に了承した。

◇

謹慎、とは一体何かと思ったが、本当に部屋から一歩も出ることが許されなかった。

一週間ほど時間が経っただろうか。窓際で空を眺めながらひとりでチェスゲームをするか、雑記帳に気づいたことを記すことくらいしかやることがない。

だけど、ひとりでチェスもつまらないし、雑記帳はネタがないのでほとんど空白のまま。

交代で来てくれる侍女たちは、どこか冷めた雰囲気で寡黙な者たちばかりだったから、話し相手にもならなかった。私が一方的に話すか、イエスかノーだけが返ってくるばかりで会話が続かないのだ。

新しい本すら読めない日々が続くとだんだん退屈に心が蝕《むしば》まれてきたので、私は雑記帳で創作を始めた。

そうね。シエルがとびっきり優しくて素敵な人だったらどんなふうになるだろうとか。

そんなあり得ない空想をして心を守った。

しかし、この窮屈で寂しい日々にも終わりが訪れた。

私に新しい専属侍女が派遣されたのだ。

「本日より私がアクア様付きの侍女として配属されました。ミントと申します。どうぞよろしくお願いします」

栗毛の髪を三つ編みにして、ぱっちりとした目の彼女は、まさに私を照らす太陽そのものだった。

まさかきちんと話せる侍女が配属されるなんて思わなかったから、ぽかんとしてしまう。

そんな私を見て、ミントはくすっと笑い、折り目正しく礼をしてみせた。

「何かご不便なことはありませんか？　ご入用の物がありましたら衣装屋と宝石商を呼ぶこともできますよ」

「大丈夫よ。パーティー用のドレスもあるし、私には充分だわ」

「他の妃様は衣装部屋がいっぱいになるほど買い物をされるんですよ。それぞれに予算が組まれていますから遠慮なさらなくていいんです」

ミントは衣装部屋を覗いてドレスが少ないことを危惧《きぐ》しているようだ。正直、謹慎中には無用の長物だ。でも自分用の予算、だなんて言われると、急にわくわくしてきた。

実家ではすべてのお金は継母に費《つい》やされるのが当然だったし、少しばかり稼いだ給金だって、妹たちを着飾るので精一杯だったから。

「それなら、ドレスより本を買いたいわ。いっそこの部屋を改造して書斎を作るのはどうかしら？」

ふざけるな、と言われてもおかしくない提案だ。

けれど、ミントは嬉しそうに笑ってくれた。

「いいですね！　アクア様専用の書庫ですね。テラス席も作って花を飾りましょう」

「わあ、素敵ね」

——ああ、こんなに話が合う人に出会ったのはノゼアン以来だわ。

そういえばノゼアンは元気かしら？　あれからまったく会っていないけど。

機敏に部屋の中を見て回るミントを見て癒されていると、ふと彼女はこちらを向いて微笑んだ。

「そうそう。アクア様、陛下から図書館へ行く許可を得ておりますよ」

「え？　どうして……」

この部屋に閉じ込められてしばらく、一番飢えているものを目の前に吊り下げられて、唖然としてしまった。

ミントはそんな私を見つめて、ころころと笑っている。

「陛下はアクア様のことが気になっておられるようです。私を侍女に指名されたくらいだし。これでも私は王宮専門の侍女だったんですよ。今回はご命令によりクリスタル宮に来ましたけど」

「あなたが来たのはシエル様のご命令なの？」

訊《たず》ねるとミントは満面の笑みで答えた。

「はい。アクア様の専属侍女にと」

「信じられない。だって私、初対面で印象最悪だったはずよ？」

仏頂面に、すぐにそらされた視線。何ひとつ私に好感を持っているようには見えなかった。

けれどそう言うと、ミントはぐっと手を握りしめてみせた。

「ふふっ、その話は兄から聞きましたよ。もうそれだけで私と兄の中では好感度抜群です」

「え？　ミントには兄がいるの？」

「はい。私の兄はベリル・ゴーシェナイト。陛下の護衛騎士をしております」

「あなた、ベリルの妹だったのね……」

なるほど。ミントも初対面で話しやすいわけだ。

私は頭の中で、貴族の家門一覧を思い出す。

「ゴーシェナイト家はたしか子爵家だったわね」

「はい。兄は次男なので爵位を継げません。代わりに陛下の護衛騎士となりました。その縁で私も王宮入りしたのです」

王宮に仕える人間は基本的に貴族の子女だ。平民出身の下働きとは違って、常日頃から主人のそばにおり、服装もそれなりにきちんとして社交の場に主人と出向くこともある。

ふたりは気の置けない仲のようだったから、ベリルがシエルにとりなしてくれたのかもしれない。

「じゃあベリルが頼んでくれたのかしら？」

「どうでしょうね。そのあたりの事情はわからないですが、とにかく私がアクア様にお仕えするのは陛下のご命令だということは事実です」

私の疑問にミントはにっこり笑ってそう言うだけだった。

わからない。どう考えてもシエルに気に入られることなんてひとつもなかったのに。

一体どうなっているのだろう？

それでもこのクリスタル宮で気さくに話せる相手がいるのは素直に嬉しかった。

◇

「第五妃の侍女にミントを送り込んだ。これでいいんだろう、ノゼアン」

声をかけると、ノゼアンはテーブルでチェスの駒を並べて遊んでいた。

ゲームをしているわけではなく、ただ駒を縦一列に並べているだけだ。案の定、俺の言葉を聞いてノゼアンは駒から手を放して笑った。

「ああ、そうだよ。これでアクアはシエルの庇護《ひご》下にあることを示すことができる。多少強引だけど他の妃には知らしめておいたほうがいいかなと思って」

「……しかし、なぜ俺があのような生意気な娘の庇護《ひご》などしなければならない」

訊《たず》ねるとノゼアンはきょとんとした顔で返答した。

「アクアは生意気じゃないよ」

「どこがだ？　俺の前に現れた初日のあれを見ただろう」

『結構でございます。私も陛下を愛することなどございませんので』

国王に向かって言うべきセリフじゃないだろう、と言うとノゼアンが肩をすくめた。

「あれは正当な主張だ。君が初対面であんな冷たい言い方をするからいけないんだ。他の子たちは泣いていたよ」

「はっ！　俺に気をつかえと言うのか？」

「そうだよ。女の子には優しくしなきゃだめ」

「ならお前がやれ」

「だめだよ。シエルが王なんだから」

その言葉に苛立った。

国王など望んで手に入れた地位ではない。そもそも王位継承権は先代国王の正妃の子であるノゼアンにあった。それが、紆余曲折《うよきょくせつ》あって今は側妃の子である俺が王位にいる。

滑稽なものだ。

俺がソファに沈み込むと、ノゼアンが静かに笑った。

「大丈夫。ちゃんと王の威厳は保たれているよ。まあ、黙っているだけだけど」

「今後はどうなるかわからないぞ。俺は帝王学など身につけていない」

「わかってるよ。だから準備しているんだよ」

ノゼアンは呑気な声で軽く返す。

それがまた苛つく。ノゼアンの計画は知っているが、彼が何をどこまで考えているのかはわからない。

「なぜあの妃だけ特別扱いする？」

「うん、アクアは大切な駒だからね。失うわけにはいかないんだ」

眉間にしわを寄せてノゼアンを見つめる。しかしノゼアンは、俺の視線など知らないというように、綺麗に並べ置いた駒を指先でより丁寧に一直線に揃える。一見すると無駄のように見える行動だが、その遊び方でノゼアンがどれだけ神経質で几帳面なのかわかる。

彼はどんな物事でも完璧に計画して忠実に行動する。

俺とは真逆の性格だった。

「アクア、可愛いよね」

突然そんなことを言い出すノゼアンにますます困惑した。

「何が言いたい？」

「素直でまっすぐで、勉強家で物知りだけど世間知らず。はっきりものを言うし、堂々としているけど、ちょっとつついてやると簡単に壊れそうなくらい脆《もろ》いんだよ。あれは騙されやすい性格だな」

ノゼアンはわずかに笑みを浮かべながら、ポーンの駒を指で弾いた。

駒はころころと転がって、チェス盤から落下していく。

下は絨毯だから壊れはしない。そうわかっているはずなのに、俺は思わずソファから身を乗り出すと、手を皿のようにして受け止めてしまった。

「うん。そんな風に誰かが守ってあげないと」

それを見て、ノゼアンがまた笑う。それから俺の手の上の駒を拾って、再び縦一列に並べた駒の最後尾にそれを置いた。

「――言いたいことがわからん。邪魔だ。用が済んだらさっさと出ていけ」

「ええー？　せっかくの兄弟水入らずの時間なのに」

「お前を兄だと思ったことはない」

「でも兄だよ。シエルは僕の弟だよ。事実だよ」

「うるさい」

ノゼアンといると調子が狂う。

子供っぽい発言をしたかと思えば、時折見せる冷酷な表情にはぞっとする。

だからこそ、ノゼアンがどれだけ笑顔で接してきても警戒心が解けない。それがどれほど作られたものか知っている身としては。

「あ、そうそう。アクアに失礼を働いた侍女、解雇したんだって？」

その言葉にぴくりと反応する。

だが、ノゼアンは屈託のない笑顔で続けた。

「やっぱりシエルだね。僕なら処分しちゃうのにな」

こういうところだ。ノゼアンを絶対に信用できない理由は。

女には優しくしろと、よくもその口が言えるものだと思う。

「出ていけ。二度目だ」

「はぁい。じゃ、おやすみ」

ノゼアンはひらひらと手を振りながら部屋を出ていった。

静寂の中で無駄に綺麗に並べられたチェスの駒を見て、ふとアクアの顔を思い浮かべる。

とりあえずノゼアンの言う通り妃を五人も迎えたが、それらはすべてお飾りに過ぎない。

誰にも興味などない。

それなのに……

『私も陛下を愛することなどございませんので』

思い出すと腹が立ち、そんな自分にも苛立った。

どうでもいいはずなのに、どうにかしてやりたいと思ってしまうのは、きっとノゼアンのせいだ。

あの妃の話ばかりしやがって。

俺は、苛立ちながら一列に並んだ駒を全部崩した。

第二章

専属侍女としてミントが派遣されてから数日。

謹慎期間があけるとともに、私の生活は激変した。

「おはようございます、アクア様。今日は晴れて暖かい日ですよ。絶好のお散歩日和です。図書館へ行くのもいいですね。お供しますのでまずは朝食をいただきましょう」

ミントの明るい声で朝を迎えるようになってから、沈んでいた私の気持ちもずいぶん救われた。

朝食も以前は硬いパンとスープに肉の欠片《かけら》と熟《う》れていない果物が出ていたが、今はふわふわのパンに温かいスープ、たっぷりの野菜とステーキに甘いフルーツの盛り合わせが出されるようになった。

食事や身の回りの世話をする下働きの者たちだって以前はとても不愛想だったのに、ミントが来てからはにこにこしている。といっても、ぎこちない笑顔だけど。

それほどにミントは影響力のある侍女なのだ。

「ではルビー妃とアンバー妃にはお会いになったのですね」

「ええ、とても強烈……素敵な方々だったわ」

「強烈な人たちですよねー」

ミントが私の本音をさらっと拾ってくれた。

彼女たちの他に妃はふたり。まだ幼いガーネットと第一妃のオパールだ。そのふたりにはまだ会っていないと言うと、ミントが人差し指を顎に当てて、思い出すように教えてくれた。

「ガーネット妃は少しアンバー妃と似ていて我の強いところがありますけど、まだ子供なので可愛い範囲かと。オパール妃はとても穏やかでお優しいお方です」

ミントはかなりの情報通だ。

謹慎期間中に、このクリスタル宮では誰がどれほど影響力を持っていて、王族派や貴族派が誰なのか、または中立派はどの家門であるかなど事細かく説明してくれた。

やはり、他の妃がどれほど反発しようが第一妃のオパールが絶対的な権力を持っているようだ。

その妃が優しい人ならとりあえず安心ではあるけれど……

届いた封筒を指でつつく。燃えるような赤の封蝋《ふうろう》がされたそれは、ルビーからの招待状だった。

ルビーの茶会に招待されてしまえば、当たり前だが欠席は許されない。

そのことが億劫だけど、事前情報のおかげでどうにか乗り越えられそうだ。

食事のあとは久しぶりに図書館へ行った。

ルビーの茶会で話についていけるように、せめて妃たちの家門について知っておきたかったのだ。

貴族名鑑をめくり、派閥について調べていく。そこでふと気になったことがあった。

ノーズライト。ノゼアンはたしかにそう名乗っていたはずだ。

けれど、やはりそんな家名は一切見当たらない。

シエルの重臣たちは、ノゼアンのことを殿下と呼んでいた。ということは、彼は王族なのだろう。

それなのに王族関連の資料の中にもノゼアンのことが書かれていない。

一体、ノゼアンはシエルとどんな関係なのだろう？

ふと振り向くと、ミントはどこかへ行ってしまったようだった。

「うーん、ミントならノゼアンのことを知っているかも。あとで聞いてみよ――」

「僕がどうしたって？」

背後で突然声がした。

私が振り返る前に、本人が横から顔を覗かせる。

「やあ、アクア。やっと会えたね」

「ノゼアン！」

嘘みたい。一番会いたかった人に会えてしまった。

急に胸の鼓動が速まって、息が止まりそうになる。落ち着くために深呼吸をしてから、彼に笑顔を向けた。

「私もずっと会いたかったわ。まさかノゼアンが王宮にいるなんて思わなかったけど」

「ごめんね。事情があって隠していたんだ。でも大丈夫。これからはいつでも会えるよ」

いつでも会える。

さわやかな笑顔でそんなことを言われたら、どの女の子も恋に落ちてしまうわ。

変わらない笑顔と優しい言葉に胸をときめかせていると、ノゼアンは私とテーブルを挟んだ向かい側に腰を下ろした。

銀髪の髪に美しい碧眼、そして色白の肌。精巧に作られた人形のような姿。

シエルも相当綺麗な顔をしているけど、やっぱりノゼアンには勝てない。

何せノゼアンはさらに性格がいいのだから、どう考えても彼のほうが完璧な美青年だわ。

そんなことを思っていると、ノゼアンは私の手もとにある本に目を落とした。

「勉強していたの？」

「ええ、これは……ルビー様のお茶会に招待されているから、最低限の知識は得ておこうと思って」

「そうなんだ。僕の知っていることを教えてあげてもいいよ」

「ほんと？　じゃあ……」

いろいろ訊きたいことはあるけど、まず一番気になる質問をしたい。

「ノゼアンは王様とどういう関係なの？」

「シエルは僕の弟だよ」

さらりと返答された。同時に驚き、私は今までの発言で失礼がなかったか頭の中で記憶を辿った。

「え、えっと……王兄殿下だったのね。知らなかったとはいえ、軽々しく会話なんかしてしまって」

申し訳ないと口にする前にノゼアンが笑った。

「気にしなくていいよ。だってアクアは僕の友だちだからね」

「友だち……」

なんと恐れ多いことだろう。だけど、ノゼアンはいつもと変わらない笑顔で微笑んでいる。

「もちろん、外に出たらアクアが怒られてしまうかもしれないから、ここでだけね」

そこまで言われたら、いつも通りでいたくなってしまう。

私はお言葉に甘えることにして、思いついたことを訊《たず》ねた。

「どうして貴族のふりをしてパーティーに参加していたの？」

「シエルの妃候補となる令嬢を探していたんだ。そうしたら、君と出会った」

「まさか、それで私が選ばれたの？」

「そうだよ。アクアなら王宮で立派にやっていけるだろうと僕が判断したんだ」

なるほど、最初から私は彼の眼中になかったわけだ。

これが恋だったのかよくわからない。けれど、なんだか寂しい気持ちもある。

「いい気分じゃないよね。勝手に結婚を決められたんだから」

ノゼアンは少し困惑の表情で俯《うつむ》き、目線だけ私に向けた。

ああ、私を気遣ってくれるなんて、やっぱりノゼアンは優しい人だ。

同時にふと、なぜ彼が王位に就かなかったのか疑問を抱《いだ》いてしまった。この国において、王位継承権は長子にある。つまり、本来はノゼアンが国王になっているはずなのだ。

「――なぜ弟君のシエル様が王位に就いたの？」

その疑問は、自然と口からこぼれ落ちた。さすがに踏み入りすぎただろうか、と一瞬ノゼアンを仰《あお》ぎ見る。しかし、彼の穏やかな表情は一切揺らがなかった。

「それは君ならよくわかるんじゃないかな」

ノゼアンは私が積み上げた歴史書に目をやる。少し考えて、私は歴史書から読み取れる無難な答えを口にした。

「抑止力のため？」

「その通り。戦《いくさ》の神と恐れられたシエルが国王になれば、誰もこの国を侵略しようとは思わないでしょ」

たしかにその通りだ。

視線だけで相手を硬直させるあの眼力は、思い出すだけで震えそうになる。シエルの強さは多くの国のあいだで有名なので、彼が王位に就いたとあれば誰も手出しできないだろう。

「でも、ノゼアンのほうが王に向いていると思うわ」

だってノゼアンの美麗な姿はまさにシルバークリス王国の象徴としてぴったりだと思うから。

そんなことを言うと、彼は声を上げて笑った。

「あははは。アクアは正直すぎるよ。それ、シエルや他の人の前では言わないほうがいいよ」

「あ、そうね。つい……」

不敬罪で首が飛ぶレベルの発言をしてしまったことに今さら気づく。

ノゼアンがあまりにも話しやすいから、つい本音が出てしまう。慌てて口を手で覆うと、ノゼアンが微笑んだ。

「まあ、ご愛嬌ってことでシエルなら許してくれると思うけど……っ」

同時に、テーブルに手をついて、ノゼアンが咳き込む。その咳がずいぶん重たい音に聞こえて、ハッとした。

「大丈夫？」

「ああ、……それほどひどくないから平気」

そう言いつつも、ノゼアンの顔色は先ほどよりぐっと悪いように見える。元々色白だけど、今は青白いような。

「帰って休んだほうがいいわ」

「あ、ノゼアン様！　おひとりですか？」

私がそう言ったとき、ミントが図書館に入ってきた。

ノゼアンがいることに驚きもせず、ミントが訊《たず》ねる。同時にノゼアンはひどく咳き込んだ。

「発作ですか？」

ミントの言葉にどきりとした。

――発作？

「ミント、静かにして。すぐ収まるから」

ノゼアンが真顔でそう言うと、ミントはぐっと口をつぐみ、それ以上は何も言わなかった。私も、それ以上は聞くことができなかった。

発作ということは何かの病《やまい》に侵されているということ。そして、それを誰にも知られたくないから彼はミントに忠告したのだろうから。

ノゼアンは背中を丸めてテーブルに頭をつけるように蹲《うずくま》り、荒い呼吸を落ち着かせようと必死に深呼吸しているようだ。

何もできない私とミントは、ただ見ていることしかできなかった。

「――ごめんね、アクア。せっかく会えたけどこれ以上長居はできそうにない」

しばらく時間が経つと、ノゼアンはひゅうひゅうと鳴る喉を抑え込み、申し訳なさそうに言った。

私は慌てて首を横に振る。

「当たり前よ。私の方こそ、長く話し込んでしまってごめんなさい。すぐに休んだほうがいいわ」

そうは言ったものの、ノゼアンはひとりで図書館へ来たそうで、侍女も護衛騎士もいない。

なので、私とミントで彼が住む城まで送ることにした。その途中にノゼアンは咳き込んで倒れそうになることを繰り返し、私たちふたりで何度も支えた。

「ふふ、両手に花だね」

それでもノゼアンはそんな呑気なことを口にする。もしかしたらこの重い空気を彼なりに和《やわ》らげようとしてくれたのかもしれない。だってミントはかなり狼狽《うろた》えているし、私は事情を知らないけど、ノゼアンが何かの病《やまい》なのだろうことはわかる。

「あー、ごめん。ちょっと倒れそう」

ようやくノゼアンの住む城が近づいてきた頃、彼は引きつった笑顔でそう言って、膝から地面に崩れ落ちた。

「大丈夫？」

「しばらく、このまま……」

ノゼアンは咳き込みながら胸を押さえて、荒い呼吸を繰り返す。

ミントは誰か呼んでくると言って走っていき、私はノゼアンの手を取った。その手はぞっとするほど冷たい。私は泣きたいような気持ちで彼の手を握りしめる。

「アクアは優しいね」

「え？」

「思いやりがあって行動力もある。それは君のいいところなんだけど、時にはそれが……」

なんだろう？　あとの言葉が聞こえない。

だけど、今はそれどころじゃない。そうしているあいだにも、ノゼアンの手はどんどん冷たくなっていく。このまま放置していたら体温がなくなって死んでしまうかもしれない。どうすればいいかわからないまま、私は彼の冷えた手を握ることしかできなかった。

ほっそりして綺麗な指だと思っていたけど、実際に触ってみたらあまりにも細すぎて、力加減を間違えたら壊してしまいそうなほど脆《もろ》く感じる。

「ノゼアン、しっかりして。すぐにミントが助けを呼んでくるから」

次の瞬間、背後から凄まじいオーラを感じた。

気迫のこもった冷たい感覚。その恐ろしい気配は以前、あの騎士訓練所で感じたのと同じだ。

顔を見なくてもわかる。

ドキドキしながら振り返ると、相手は私の背のほうから手を伸ばし、ノゼアンの腕を掴んだ。

「何をやっている？」

シエルだ。

剣術訓練をしていたのか、肩から白いシャツを羽織《はお》っただけで、胸もとが大きく開いている。

ノゼアンはシエルを見ると、甘えた声で懇願《こんがん》した。

「ごめん、シエル。僕が倒れたせいだ。ねえ、優しく抱っこして連れて帰ってくれる？」

「ふざけたことを」

シエルは険しい表情でノゼアンを背負うようにして担いだ。それに抵抗もせず、ノゼアンが足を揺らしている。

「だから優しい抱き方をしてって……」

「黙ってろ。――あとで侍女とノゼアンの城まで来い」

シエルはこちらに向かってそう言ってから、ノゼアンを背負ったまま歩き出した。

あの冷酷に見えるシエルが兄のために動いている。それも少し困惑した表情で、背後にいるノゼアンを気にかけながら。シエルの意外な一面に驚き、同時に少し気持ちが和《やわ》らいだ。


あとから駆けつけたミントと一緒に、私はノゼアンの城を訪れた。

王宮のそばの森に面した場所にあり、古城のような建物だが貴族の屋敷より狭い。

使用人も最低限しかおらず、とても王族の暮らす場所とは思えない。

しかし、ノゼアンがそれを望んでいるのだとミントが説明してくれた。

私はミントと応接室で待機していた。この部屋にも最低限の調度品が置かれているだけで、豪華な飾りや値が張る絵画などは一切ない。

ただ窓際に置かれた、ガラスで作られたチェス盤だけが異質だった。並んでいるガラスの駒は陽《ひ》の光に照らされ、やけにキラキラして目立っている。

何もすることがない私はソファに腰かけて、それだけをぼんやりと眺めていた。

しばらくすると、シエルが戻ってきて、ドカッと私のとなりに腰を下ろした。

さすがにとなりに国王陛下が座っている状態ではいられず、思わず立ち上がってしまう。

「じゃあ、私はお茶を淹《い》れてきますね」

ミントがそう言ってそそくさと出ていってしまう。

私はシエルとふたりきりにされてしまった。立っている私と、座っているシエル。

え？　待って。ここで私まで退室したらおかしな話よね？

とはいえ、この人とふたりきりで何を話せばいいのかしら？

これはいろんな意味でよくない。

そう思いながら、なんとか口を開いた。

「……ノゼアン様は大丈夫ですか？」

「眠った。まったく迷惑な奴だ」

淡々と、しかし返事はされる。そのことに安堵しつつも、現状を思い返すと冷や汗しか出てこない。シエルの私への印象はおそらく最悪な状態のままだし、許可なく国王と接近するなんてクリスタル宮のルール違反に違いない。だけど、この部屋に王様をひとり残していくわけにもいかない。

「おい」

突然声をかけられて、びくっと肩が震えた。

「は、はい。何でございましょう？」

愛想笑いをするしかない。

「座れ」

すると、シエルはものすごく怖い顔で私を睨《にら》みつけてそう言った。

まさかの命令。よくわからないけど素直に応じることにした。先ほどまで座っていたソファに腰を下ろす。これでいいんだろうか、とシエルを横目で見ると、わずかに頷いた。

——いいんだ、これで。

不思議な気持ちでじっと座っていると、やがてミントが紅茶と焼き菓子を持ってやってきた。テーブルに、ケーキとスコーンとチョコレートなどが盛りつけられた皿が並ぶ。

お菓子は大好きだけど、この状況ではまったく食欲がわかない。

「……それでは私はノゼアン様の様子を見てきますので失礼しますね」

「ああ」

ミントの言葉にシエルはあっさりと了承し、私は驚いて固まった。救いを求めるようにミントを見つめる。

嘘でしょ？　またシエルとふたりきりで残されるなんてどんな拷問なの？

そう目で訴えてみたが、彼女はにっこり笑うだけだった。

シエルとふたりきりにしてくれるミントの気遣いなのかもしれないけど、それは大きなお世話なのよ。できれば関わりたくないということを事前に伝えておくべきだったわ。

しばらくのあいだチェス盤を見つめる時間だけが流れる。

——ていうか、なんでとなりなの？　せめて向かい合っていたらここまで緊張しないのに！

「お前、名は何だったたか？」

突然シエルに話しかけられてどきりとした。同時に少し呆れてしまった。

まさかお忘れですか。拍子抜けしたが、五人も妃がいればこんな扱いなのだろう。

「アクアオーラと申します。アクアとお呼びください」

私は定番の自己紹介をおこなった。

するとシエルはすぐに質問をしてきた。

「ではアクア。お前はなぜいちいち俺の前に現れる？」

「え？」

そんなこと訊かれてもわかりませんよ。私だって会いたくてあなたに会っているわけではありません。むしろ、あなたにだけは絶対に会いたくないのに、何の運命のいたずらですかね？

という胸の内は隠して、ここは謙虚に見せよう。

「申し訳ございません。行く先々でどうやら陛下にお会いしてしまうようでございます」

「名で呼べばいい。妃には名で呼ぶことを許可している」

「はい。それではシエル様、恐れながら申し上げます。私はほとんど部屋にこもっており、滅多にない外出先は図書館でございます。その道中に偶然にもシエル様とお会いしてしまったのです」

ここはシエルの発言を利用させてもらおうと思う。

「侍女のミントから、シエル様が私の図書館通いを許可してくださったと聞きました。ですから、私は図書館のみ利用させていただいております」

「俺はそんなことを許可したか？」

シエルが怪訝そうな顔になって、息をのんだ。

――え？　違うの？　ミントが嘘をついたの？　それとも私の聞き間違いだったの？

私が慌てていると、シエルは中空に視線を走らせてひとり頷いた。

「……ああ、そういえばノゼアンが妃の図書館通いを許せと言ったな。お前のことだったのか」

ほっと胸を撫で下ろす。

まるで解答次第で処刑でもされそうな試験を受けさせられている気分だ。

シエルの発言でドキドキしたり安堵したり、私の胸中は大変忙しい。はあ、と思わず息をつくと、シエルがテーブルの上を指した。

「茶が冷めるぞ」

「はい、いただきます」

正直、お茶の味も温度も感じる余裕などありませんけど。

カップを持ち上げる指が、わずかに震えてしまう。

ちらりと目線を横に向けると、シエルの顔は私に向いていた。まるで何かを見定めるような目つきでじっと見つめている。

にこりともしない表情で、微動だにしない。もっと言えば睨《にら》まれている。

ただでさえ緊張するのに、こんなに近いなんて、これは何かの罰ですか？

ノゼアンが相手ならこんなに緊張することもないのにシエルとは会話をするだけでつらすぎる。

早く解放されたい。逃げたい。帰りたい！

そう願って、カップのお茶をひと口、口に含んだときだ。

「お前はめずらしい妃だ。宝石より書物を好むのか」

「はい？」

シエルが唐突に言った。

なんで突然そんなことを……？　と俯《うつむ》いて合点がいった。

ああ、そうか。私がネックレスもイヤリングも身につけていないからだ。それにミントに勧められても、結局宝石商も何も呼んだことがない。

それは目立たずにいるという目的でわざとそうしているところもあるのだけど、もしかして逆に目立ってしまっていたのだろうか。

「幼少の頃から書物に親しんで参りましたので」

無難な返答をしておく。

本当は家族から令嬢らしい扱いを受けなかったから、書庫が唯一の居場所だったなんて言えない。

「妃教育は受けていないのか？」

その質問にどきりとした。

これはどう答えるべきだろう？

妃教育を受けていないのに、妃になってしまったのだから滑稽だ。しかしそれは笑って済ませられる問題ではない。場合によっては妃失格の烙印《らくいん》を押されてしまうかもしれない。

そんなことになったら……

最高だわ！

「はい、受けておりません」

ですから私は妃としてふさわしい人材ではないのです。

どうかこれでシエルが私を嫌ってもう話しかけてきませんように！

ドキドキしながらシエルの返答を待つと、彼は意外な反応をした。

「なるほど。そうか」

シエルは口もとに手を当てて俯《うつむ》いた。

よく見たら、彼はわずかに口角を上げている。

――笑っている？　嘘でしょ？　今のどこに笑う要素があったの？

意味がわからず放心状態でいると、シエルはおもむろに立ち上がった。

「ゆっくりしていけ」

そう言って彼は私を見ないようにして、退室していった。

ひとり残された私はしばらくぼんやりして、それからソファの背もたれに深く体を預けた。

「つ、疲れた……ひと月分の緊張を一気に味わった気分だわ」

だけど、少しだけシエルの印象は変わった。ノゼアンに対して気遣いのできる一面や意外と怖くないところなど、近くで会ってみなければわからなかった。

とはいえ、二度とふたりきりは避けたいと思った。

——それから数日後、調子がよくなったノゼアンからお茶会に招待された。

まさかルビー妃よりも早くお茶会が発生するとは思わなかった。

とはいっても格式のあるようなものではなく、非常に簡素で、小さなテーブルに置かれたガラス製のチェスでゲームをしながらおしゃべりをするようなお茶会だ。

ほっとしながら席に着くと、ノゼアンはいつも通りの穏やかな微笑みを浮かべた。

「ごめんね、アクア。心配かけて」

「ううん。回復してよかったわ」

ノゼアンとチェスの勝負をすると、結果は互角くらいだった。

これでも私は貴族学院時代のチェスゲーム大会で優勝したのに、それと同等の相手がいるなんて驚きだ。いや、むしろ回数を重ねるごとにノゼアンのほうが勝ちやすくなっているような気がする。

少し焦りながら、どうにか気をそらすために、私は彼に積極的に話しかけた。

「ノゼアンはどうして私が妃に向いていると思ったの？」

「君は似ているんだ」

「誰に？」

「シエルに」

ノゼアンの言葉に絶句し、私はうっかり持っていた駒を落としそうになった。

「はい。アクアの番だよ」

ノゼアンはにっこりと微笑んで言った。

固まったまま下へ目を向けると、あきらかに負けが見えている。

「ちょっと今のは卑怯よ。私を動揺させる策でしょう？」

「そんなことないよ。でも、そうなってしまったならアクア自身の責任だよね」

「うっ、その通りね……」

勝負事をおこなうときは、いついかなる場合でも平静を保っておかなければならない。

「だめだわ」

ノゼアンには勝てない。それからはほんの少しも優勢に持っていくことができず、まるで最初から勝負が決まっていたようにゲームが進んでいった。

貴族学院チェスゲーム大会優勝者の経歴が泣く。

がっくりと肩を落とすと、ノゼアンはくすくす笑いながら、駒をゲームスタート時の位置に戻していく。

「落ち込むことないよ。アクアは充分強い。ただ、僕がさらに強かっただけ」

その飄々とした様子に、私の闘争心がめらめら燃えてきた。

「もう一回！」

「いいよ」

再びお互いに駒を進めていく。

「ねえ、どうして私とシエル様が似ているの？」

「アクアもシエルも素直でわかりやすいんだよね。そういうところ、僕はたまらなく好きだな」

私はノゼアンの言葉がいまいち理解できない。

「あの人のどこが？　無口で愛想がなくていつも怒っているのかそうでないのか読めないし、だいたいあの人、私が妃教育を受けていないって言ったら、なるほどって言って笑ったのよ。バカにされたのかも」

「あははは。やっぱりそっくりだなあ」

ノゼアンがお腹を抱えて笑った。

意味がまったくわからないので、私はただ彼を真顔で見つめることしかできない。

そんな私を見て、ノゼアンは緩み切った表情を向けた。

「シエルも僕の前ではそんな感じだよ。君たちは気が合うと思うんだけどな」

「それはノゼアンが話しやすい空気を作ってくれるからよ。それに、それが理由なら他の妃もみんなシエル様に似ているから選んだってことでしょ？」

「うーん、それは違うな。あくまで僕はアクアに関してはシエルに合うと思ったからだ。他の妃たちに関してはそれぞれ別の理由があるんだよ。言えないけどね」

「そう」

カンッとガラスの駒のぶつかる音がする。

あろうことか、最強の駒であるクイーンを取られてしまった。

――どうしてなの？　私ってこんなに弱かったかしら？

「アクアの番だよ」

ノゼアンは穏やかに微笑む。今はその笑みが妙に腹立たしい。

ノゼアンはあまりじっくりと考えてゲームをおこなわない。短い時間でさっと判断し、意外な場所へ駒を進め、気づいたら私は身動きできなくなっている。私は白と黒の盤面を見ながら、必死に自分の王を逃がす場所を探す。

「そういえばもうすぐ妃の茶会があるんだって？」

「ええ、ルビー様に招待されてるわ」

駒が取られる。ナイトが跳ね、ビショップが転がる。

「頑張ってね」

「他人事《ひとごと》みたいに」

「アクアなら大丈夫。はい、チェックメイト」

そして、ノゼアンが最後の一手を終えて、腕組みをした。

「またあなたの勝ちね」

これ以上ゲームを続けたら私はたぶん干からびてしまうだろう。

連敗しすぎて放心状態になっていた。それでも悔しくて、盤面を何度もなぞりなおす。そんな私を見て、ノゼアンはご機嫌な様子だった。

「僕に勝てるまでここに通ってもいいよ」

「それってクリスタル宮のルールに違反しない？」

「それはシエルに会うことでしょ。僕は関係ないよ。しかし、そのルールまだあるんだね」

ノゼアンが呆れ顔で苦笑した。いわくクリスタル宮のルールは先代王が決めたそうだ。今はカイヤが頑なにそれを守っているだけで、シエルにとってはどうでもいいことらしい。

道理で、私に嫌がらせをしたメイドがすぐに切られたはずだ、と思い、肩をすくめる。

「そうだったのね。ああもう、次はきっと勝つから、待っていてね」

なんて言ってみたけど、本当はノゼアンに会いたいというのが一番の理由だ。

この気持ちが恋なのかどうか、今さら考えても仕方のないこと。ノゼアンの指す手にいかに嫌になっても、次の日には会いたくなってしまう。

この気持ちを誰かと共有したいと思ったけど、まさか他の妃と話す内容ではない。

だから、部屋に帰るたびに雑記帳に書いていたのだけど——

ひとりだけ話せる相手がいることに、あるとき気がついた。

「わかります。ノゼアン様は優しくて素敵だから私も大好きです」

その夜自室で昼間あった話をミントにしてみたら彼女は大いに共感してくれた。

そして私のチェスの練習相手になってくれている。

「だよね。一緒にいると安心するっていうか、彼がそこにいるだけですべてが上手くいくと思っちゃうの」

「そうですね。シエル様も絶大な信頼を置かれていると思いますよ」

「そうね。わかるわ。だってあの人、ノゼアンには心を許している感じがしたもの」

「ノゼアン様は誰にでも好かれますからね」

「あの穏やかな顔に優しい人柄が滲み出ているわよね」

私の感覚はおかしくなかった。異性に好意を抱《いだ》いたことは今まで一度もないけど、やはり女の子は優しくて紳士的な男性が好きなのだろう。不愛想で冷たい目をした男よりも。

「でも私はシエル様もいいなって思うんです」

ミントが意外なことを口にした。だが、それもわかる気がする。

「顔でしょ？　あとはあの鍛え抜かれた肉体美ね」

外見だけなら完璧なのよね、あの王様は。

「アクア様、見たんですか？」

きゃあとミントが歓喜の声を上げ、私は冷静に返す。

「彼と会うときってだいたい上半身裸なのよ。狙ってないわよ」

「もう全身見ちゃったらどうですか？」

「バカなこと言わないで」

そんな日が来るとは思えない。妃の立場上、そういう事態になってもおかしくないが、最初にシエルはただ公《おおやけ》の行事に参加しておけばいいと言っていたから、おそらく大丈夫なはずだ。

「アクア様、チェックですよ」

「させないわよ」

ミントがルークで攻めてきたので、回避する。

ノゼアンほどではないが、ミントもチェスが強い。

「なかなかやるわね。女子でチェスができるだけでめずらしいのに」

「それを言うならアクア様もですよ。私は兄の影響です。それに厳しい令嬢教育は受けていないので基本的に自由に育ちました」

「私も似たようなものね」

ただし、自由というよりは放置されていただけだが。書庫で本を読むのに飽きたとき、もっぱらボードゲームしかやることがなかったのだ。

ゆったりと話しながらチェスを進めていると、ふとミントが言った。

「ところで、次のお茶会のことですが、ドレスを新調してもいいですか？」

「今あるドレスではだめなの？」

「ルビー様のお茶会に向かわれるのですから、今あるものだけをおすすめは出来ません。カイヤ様に衣装屋を呼んでもいいと許可をいただきましたので。いつでも手配できます」

ミントは私にはもったいないくらい仕事ができる侍女だと思う。

そして私が断れないようにすでに準備を整えているのだから。

「いいわ。よろしくね」

私はクイーンを最適な位置に進めた。

ミントは焦って回避しようとする。けれど、こちらはすでに先の先まで見えているのでこの勝負はいただきだわ。

「ノゼアン様と同じくらい強いですね」

数分後、ミントが言った。

そのノゼアンに私は一度も勝てないのだけどね、と言うとミントは楽しそうに笑ってくれた。

数日後、ミントが言っていた通り衣装屋と宝石商がやって来た。

私が新しい妃ということで、彼らは張り切って営業してきた。

最初の妃は大量に購入してくれるからだそうだ。今まではそうだったかもしれないが、私はそれほど物欲がないので、彼らは肩透かしをくらったような顔をしていた。

それでも購入したドレスはデザインも質も最高級のものになった。

淡いブルーと白を基調としたレースがあしらわれたドレスと、濃いブルーに銀の宝石がちりばめられた夜空のようなドレス。カイヤから指定された色はブルーなので、私はその二着を選んだ。

それから、宝石商はドレスに合うネックレスを次々提供してきた。サファイヤを贅沢にあしらったものや、ダイヤモンドのまわりにラピスラズリを並べたもの、それからアクアマリンだ。

妃同士の茶会なので控え目でかつ品のある組み合わせで臨むことにした。

淡いブルーのドレスにアクアマリンのネックレス。これが、私が最初にお披露目する姿となる。


そして、お茶会当日。

私はミントから得た情報を頭の中で整理した。

第一妃のオパールは【白金《プラチナ》の妃】と呼ばれ、まるで聖女のような美しさだと言う。

第二妃のガーネットは【妖精《フェアリー》の妃】と呼ばれ、まだ子供で可愛らしいと言う。

第三妃のルビーは【赤薔薇の妃《クリムゾン》】と呼ばれ、もっとも華やかで気品がある。

第四妃のアンバーは【黄色花の妃《マリーゴールド》】と呼ばれ、ルビーに倣《なら》って着飾っている。

そして私が五番目の妃で最初に謁見《えっけん》した際に【水宝玉の妃《アクアマリン》】という呼び名を与えられたのだが、たぶん一番地味だ。

ちなみに妃の称号は王国議会で審議して最終的に国王陛下が決定するらしいのだが、ミントからの情報によると実際に決めているのはノゼアンらしい。

妃選びもノゼアンがおこなっていたし、実のところ彼が権力を持っているような気がする。

そうなると、シエルももしかしたらお飾りの王なのかもしれない。

そんなことは口が裂けても言えないけれど。

「いらっしゃい、アクア」

そんなことを考えつつ部屋を訪れると、真紅のドレスに身を包んだルビーに迎えられた。

私の部屋とはあまりにも違う豪華な部屋だ。床には赤い絨毯が敷かれ、金や銀の高価な調度品がたくさんあり、壁には自身と家族の肖像画に鉄製の剣や鉾《ほこ》が飾られている。

あちこちに生花も飾られていて、どれも赤く艶《つや》やかで美しい。

一見すると派手だが、色合いには気をつけているようで、しつこい派手さはない。

何よりもバルコニーからは王の住まう宮殿が見える。

私の部屋は反対側なので庭園しか見えない。どうやら階級で部屋が決まっているようだった。

「お招きいただきありがとうございます。ルビー様」

私は丁寧にカーテシーをおこなった。円形のテーブルには既に三人が着席している。

ルビーは余裕の笑みを浮かべながら、凛とした姿勢を崩さない。

代わりにルビーのとなりに座っていたアンバーが口を出してきた。

「あら、あなた、まともなドレスを持っていたのね。最初に会ったときは貧相で心配になっちゃったわよ」

相変わらずの人だわ。ここは丁寧に無難な返答をしておこう。

「ルビー様のお茶会で失礼があってはいけないので」

笑顔でそうと言うと、アンバーの顔が引きつった。

「ふふ、アンバーもだめだめじゃない」

空気がぴりっとする中、突如別の妃の声が響いた。甲高い、というか、幼いというべきか。

視線をそちらに向けると、ツインテールがふわりと揺れた。

「あたしはガーネットよ。このクリスタル宮で二番目に偉い妃なの。それにあたしは王族の血筋を受け継ぐ公爵家出身なのよ」

淡いグリーンのドレスがよく似合っている。気取った物言いをしているが、可愛らしい。

なんとなく妹を思い出して、微笑ましい気持ちで私はカーテシーを彼女に向けた。

「はじめまして、ガーネット様。どうぞよろしくお願いします」

すると、私が彼女を微笑ましく思っていることを敏感に感じ取ったのか、ガーネットは少々顔をしかめた。

「あなた、噂では妃教育を疎《おろそ》かにして怠惰に書物を読んでばかりだったそうじゃない？　ダンスは踊れるの？」

どこでそんな話が出回ったのだろう？　そのことを知っているのはシエルとカイヤくらいなのに。だとすると、わざわざシエルが言いふらすとは思えないので、噂の出どころはカイヤだろう。

「一応、踊れますが……」

「刺繍も上手くなくてはいけないわ。シエル様が戦場へ赴《おもむ》くときは妃が刺繍したハンカチをお持ちになるのよ」

うん、それも大丈夫だ。散々妹たちのハンカチを刺繍していたし、市場で出品したことも何度かある。

こっくりと頷く。

「刺繍も好きです」

「せ、正妃になったらシエル様の視察に同行することになるのよ。現地の人々との交流をしなければならないわ。当然外国も含まれているわよ。近隣諸国の外国語を三つくらいは話せないとね！」

言語は得意分野だったわ。

「嗜《たしな》み程度には」

「王国議会の議事録も目を通すわ。場合によっては会議に出席もあるのよ。妃として発言しなければならない場合もあるわ」

実は町で商人と交渉などをおこなったりしていたので、慣れている。

「そこは努力いたしますわ」

すべての発言に笑顔で返すとガーネットは眉をひそめた。まったくできないわけではなく、最低限は身につけているという控えめな印象を与えられたはず。

ルビーは無反応だが、アンバーは少し驚いているようだった。

「もういいわ」

ガーネットは不貞腐れたような顔でさっさと自分の席に着いた。

「偉そうにしていられるのも今のうちよ」

アンバーになぜか睨《にら》まれた。これ以上は出しゃばらないほうがよさそうだ。

妃が四人揃って席に着いたあと、侍女がルビーに向かって声高に言った。

「オパール妃がお越しになりました」

全員が扉へ目を向ける。

絶世の美女と噂されるプレシアス侯爵家のオパールとついに対面である。扉が開くと、ゆったりとした動きで、一人の女性が部屋に入ってくる。その美しさに私は思わず息をのんだ。

オパールは白地に薄紫の花飾りがあるドレスを着用し、ダイヤモンドのネックレスとイヤリングを身につけていた。体のラインに沿ったドレスは大人びており、ふわっとした美しい金髪によく似合っている。それに、オパールの名の通り、彼女の瞳の色は虹色で、金から翠《みどり》そしてブルーへと光の加減で変わって見える。

不思議な魅力にあふれた姿に、目が釘付けになる。見目麗しいとは彼女のためにあるような言葉だ。

まさに【白金《プラチナ》の妃】と呼ばれるにふさわしい。

そう思ったのは私だけではないようで、他の妃たちもほうっと息をついていた。

「さすがはオパール様、今日もお美しいですわ」

先ほどまで私に毒づいていたアンバーはころりと態度を変えて、オパールにキラキラした目線を送っている。ルビーも微笑んでいるし、ガーネットも満面の笑みだ。

全員が彼女を羨望の眼差しで見つめている、ように見える。

しかし私は知っている。アンバーはたしかオパールがいなければ正妃の座はルビーのものだと言っていた。

つまり、この人たちの笑顔はあくまで表だけのものであり、裏では闘争心を燃やしていることだろう。

――絶対に関わりたくない！

にこにこの笑顔を張りつけながら、その思いを強くする。そうしてできるだけ身を縮めていたのだけど、オパールは私をしっかり見つめていた。

「あら、新しい妃様かしら？」

話しかけられて慌てて立ち上がると、私はカーテシーをおこなった。

「アクアオーラと申します。アクアとお呼びください」

「ご丁寧にありがとう。私のこともオパールと呼んでちょうだい」

彼女はそう言って右手を差し出す。

私はドキドキしながら手を伸ばし、彼女と握手をした。

すべすべで色白の美しい手だ。女の私でも彼女の手に触れただけで心が打ち震えるほど感動する。

さすがシエルの寵愛を唯一受けていると噂される妃だ。

「こうしてみなさんとおしゃべりの機会があって嬉しいですわ」

オパールがふわっとした笑顔でそう言うと、場の空気が穏やかになり、茶会が始まった。

大きな丸テーブルに五人が着席し、色とりどりの軽食が並ぶ。

三段のケーキスタンドの一番上にはケーキやマカロン、フルーツゼリーがあり、二段目にはクロワッサンとトリュフを乗せたバゲット、一番下には卵やハムのサンドイッチが置かれている。

別の皿にはチーズが数種類とサラダが並び、スコーンも置かれている。

金縁の白い大皿の横にフォークとスプーンが並び、同色のカップに熱い紅茶が注がれる。

妃たちはみな上品に、皿の上のケーキやサンドイッチを丁寧に切り分けて食べた。

私も、さすがにテーブルマナーはなんとかなる。

茶会はそのまま和やかな雰囲気で進んでいくかに思えた。

しかし、全員が紅茶を一杯飲み干した頃だろうか。アンバーとガーネットが身を乗り出しながらオパールを質問責めにし始めた。

「シエル様のお好みの食べ物は何ですか？」

「シエル様はどのような女性を好まれますか？」

第一妃であり王から絶対的な信頼を得ているオパールは頻繁に王宮へ出入りしている。そのため、王宮で起こった出来事やシエルの話を聞けると思っているのだろう。

「そうね、サンドイッチを好まれるわね。豪快に食べられるお方なの。好みの女性のお話はあまり聞いたことがないわ」

だがこのように、女性関係については有益な情報が出てこないので、アンバーとガーネットはがっかりしている。質問ばかりするふたりをよそに、私はジャムとクリームをたっぷり添えたスコーンの二つ目を口に運んだ。

すると、ガーネットはアンバーをちらりと見て言い放った。

「……まあ、どこかのガサツな女でないことだけははっきりしてるわ」

するとアンバーはキッとガーネットを睨《にら》みつけた。

「どこの誰のことを言っているのかしら？」

「あら、あなたのことだなんてひとことも口にしていないわよ？」

「あたしを見て言ったわよね？　あなた自分の心配をしなさいよ。子供のくせに」

「年齢なんて関係ないわ。大事なのは家柄よ。あたしは公爵家、あなたは伯爵家。身の程を知りなさい」

「子供のくせに生意気よ。ああ、そうだわ。ねえ、ガーネット。男女が寝所で何をするかあなた知ってる？　知らないわよね。子供だものね」

「うるさい！」

ガーネットは両手でテーブルをバンッと叩いた。

テーブルの上の皿がガシャッとわずかな音を立てて揺れ、私のスコーンも皿の上でわずかに跳ねた。

――ああ、スコーンが！

「おふたりとも落ち着いて」

オパールがあまり慌てていない様子で口を挟む。しかしふたりの雰囲気は一触即発で、変わらない。それを見ていたルビーがカップを置いた。

ほんのわずかだけソーサーとカップが擦れる音がする。

そのわずかな音で、ガーネットとアンバーが静まり返った。

「騒ぐのはやめなさいといつも言っているでしょう。誰の茶会だと思っているの？」

その言葉に、ふたりが睨《にら》み合ったまま口をつぐんだ。どうやら、こんな感じでアンバーとガーネットは頻繁に喧嘩しているようだ。

だけど、妃同士のいざこざにしては可愛いなと思う程度だ。

お互いに、ふんっと顔を背けて不貞腐れる様子を見るとわかりやすい。

むしろよくわからないのはルビーだ。何が起こっても平静を保っている。

余計な発言をしないから真意がわからない。どんな人なのだろう、と思っていると静かになったテーブルでオパールが小さく手を叩いた。

「少しよろしいですか？　わたくしからみなさんへお話があるのです」

全員の視線がオパールに集まる。オパールはほんのり微笑んで、頷いた。

「実はシエル様が近々、みなさんとお会いすると申しておりましたわ」

オパールの言葉にアンバーとガーネットが身を乗り出した。

「それはいつですか？」

「パーティーじゃないですよね？　ここの妃だけにお会いになるのですよね？」

「静かにしなさい。オパール様がお話しになるわ」

ルビーの制止でふたりはうずうずしながら腰を下ろした。

シエルが妃と会うとは意外だ。妃に興味がないと言っていたのに、どういうことだろう。

私は私で興味をそそられて、オパールを見る。

ルビーは静かに彼女を視線で促した。オパールは穏やかな微笑みをたたえたまま、言葉を続ける。

「ええ。ひとりずつ王宮へ呼ばれてお会いする機会を与えられるかもしれませんわ。食事かもしれませんし、茶会かもしれません。そのあたりは妃それぞれの希望を聞いてくださるそうですよ」

オパールがにこやかに説明をする。

「私たち、王宮へ入れるのですか？」

「あたしは三回も王宮へ行ったことがあるわよ」

自慢げに語るガーネットをアンバーが嘲笑する。

「あなた王族の血筋だなんて言っておいて、たった三回しか入れてもらえないのね？」

「アンバー、いい加減にしなさいよ。あんた無礼なのよ」

「事実でしょ？」

ふたりがまたもや騒ぎ出すと、オパールは笑顔のまま黙り、ルビーはなぜか私を見た。

ルビーは上品な笑みを浮かべながら口を開く。

「アクアはどうなの？　シエル様とお会いできるならどんなお話をされるのかしら？」

私に話を振ってくれなくてもいいのに！　これはルビーの気遣いなのか、それとも私を試すつもりなのか。真意がわからないので無難に答える。

「さ、さあ？　会ってみないとわかりませんね」

こういうときはバカなふりをするのが一番。私は無害ですよと主張しておく。

するとアンバーがすかさず笑って言った。

「あなたって愚かね。あたしたちはいつでもシエル様とお話できるようにいつも話題を用意して心の準備をしておくのよ」

私を見下すような言葉が今はとてもありがたい。

「いいじゃないの、アンバー。ライバルが減って都合がいいわ」

ガーネットが上機嫌で反応した。

いいわよ。私を標的にしてふたりで仲良くすればいいわ。私は美味しいスコーンを堪能するから。

三つ目のスコーンにたっぷりジャムをつけたところで、ルビーの凛とした声が響いた。

「手の内を見せない。賢明な判断だわ」

全員の視線がルビーに集まり、私はスコーンを食べる手を止めた。

ルビーは私をまっすぐ見つめている。

「あたくしは陛下とお話ししたいことが山ほどあるわ。周辺国の情勢や交易の発展についてはもちろん、この国の未来についても語り合いたいわね」

周辺国の情勢を気にかけ、この国の未来を語る——ルビーがやろうとしていることは正妃として認められた者にしか許されない。

今この場で公言するということは、暗に第一妃のオパールに喧嘩を売っているようなものだ。

一瞬、アンバーとガーネットが息をのんだのが聞こえた。

それでもオパールは特に気にしていないようで、相変わらずにこにこしている。

アンバーとガーネットは呆気にとられた顔をしていた。

「さ、さすがルビー様！　高尚なお考えです」

アンバーが手を叩いて声を上げた。

私もバカなふりをしてそんなふうに彼女を持ち上げられればよかった。けれど、違う。ルビーはあえて、正妃を狙っていることをあからさまにしてみせた。そして自分が手の内を見せたのだから、お前も見せろと挑発しているのだ。

——ああ、面倒だ。本当に私はシエルと話すことなんて何もないのに、これを正直に答えると穿《うが》った見方をされそうだ。

「私は……そうですね。お茶でも飲みながらチェスゲームのお相手をして差し上げたいですわ。これしか取り柄がございませんので」

私の言葉に、ルビーは目を細めて硬い表情をした。

チェスを嗜《たしな》むのは男性がほとんどだ。令嬢はその機会をほとんど与えられないので、おそらくルビーもルールすらわからないだろう。私やミントがめずらしい部類なのだ。

ひたすらバカを演じてもルビーは納得しない。ある程度は妃としての要望を持ち合わせておきながらあくまで抜け駆けはしませんよ、という遠回しの表現をする方がいいだろう。

「ぶふっ……令嬢なのにチェスですって？」

私の言葉をアンバーが嘲笑した。

「アクア妃は令嬢教育もまともに受けていないようね」

ついで、ガーネットも呆れ顔で肩をすくめる。

そう。私はその反応が欲しかったのよ。これで無難に切り抜けたい。

しかしルビーは真顔のままだ。やはり彼女には通用しなかったのだろうか。

「殿方の娯楽のお相手までできるなんて素晴らしいわ。したたかなのね」

意味ありげな笑みを浮かべるルビーに、何をどう言っても逆効果だとわかったので黙ることにした。

そこで、ちょうどいい具合にオパールが口を挟んでくれる。

「みなさんのご意見をそれとなくお伝えしておきますわね」

すると、突然アンバーとガーネットが声高に訴えた。

「あたしは歌とダンスが得意ですわ。ダンスのお相手候補にぴったりだと思いますの」

「あたしは一番若くて健康だから誰よりも多く跡継《あとつ》ぎをもうけることができます！」

「だから、あんたは子供の作り方わかんないでしょ？」

「うるさいわよ、アンバー」

ふたりが言い争いをする中、ルビーは興味なさげに紅茶を飲んでいた。

私はスコーンにホイップクリームをたっぷり添えて食べた。

そのあとはオパールが王宮内や異国の話などを語り、茶会はお開きとなった。


「つ、疲れた。ものすごく疲れたわ」

自室に戻った私はそのままソファに座り込んだ。ぐったりしてこのまま横になろうとしたら、ミントがハーブティーを持ってきてくれた。

「お疲れ様です、アクア様。その様子だと相当気をつかわれたようですね」

「本当にそうよ。ただ黙ってやり過ごすはずだったのに」

「妃様たちのお茶会はお互いに腹の探り合いですからね」

「私のことは放っておいてほしいんだけど。無害だって主張してるのに無理やり何かを引き出そうとするんだから」

「その何かがアクア様にはありますからね。ルビー様はきっとアクア様を警戒していますよ」

「やめてほしいわよ、そういうの」

しかし、いくらこっちが王に興味がないと言っても、実際には王宮から派遣されたミントが侍女だし、さらにノゼアンと面識があることも広まっているし、王に接近していると見られても仕方ないのかもしれない。

「ああ、もうお茶会なんてこりごりよ」

「次はアンバー様のお茶会ですよ」

「やめて」

さらに頭痛がする案件だ。こういう行事さえなければこの暮らしはわりと快適なのに。しばらくは静かにひっそりと過ごそうと思った瞬間、大事なことを思い出した。

「そういえば、シエル様が妃にお会いになるそうよ」

「クリスタル宮に来られるのでしょうか？」

「オパール様は私たちが王宮へお呼ばれするって言っていたけど」

「そうですか。わかりました。ではそのためのドレスを用意しておかなければなりませんね。あ、香水も最高級のものを……そういえば香油は……」

ミントは嬉しそうに鼻歌を口ずさみながら私の衣装部屋へ確認しに行った。

——お茶会でもドレスだけだったのに、香水？　香油？

妙に何か引っかかるような気がしたけど、そのときはあまり気にしないようにした。

そして後日、その理由が判明した。

シエルはクリスタル宮を訪れ、順番に妃と一晩を過ごすとカイヤから聞かされたのだ。

「あなた、知っていたのね！」

私が問い詰めてもミントは平然とした顔でいわゆる初夜の準備を淡々とおこなっていた。

いつの間にか閨《ねや》のためのドレスも新調し、湯浴みのための香油も高価なものを取り寄せて、最高級のシーツでベッドメイキングまで済ませていた。

「嘘でしょ……どうやって回避しよう？」

他の妃たちは大喜びでシエルを迎えるための準備をしていることだろう。それどころか、どうにか跡継《あとつ》ぎを作るためにあらゆる策を講じているに違いない。

「絶対にイヤ！」

「アクア様、顔だけ眺めていればいいのです」

「そういう問題じゃないわよ」

ミントの言葉はまったく励ましにもならない。

たしかにシエルの顔はいいわ。だけど、そうじゃない。

あんな冷たい人なんだから、さぞや夜も乱暴なことだろう。

手を出さないでほしいといったらどうにかならないだろうか……などと思っていると、ミントが私の手をぎゅっと握って言った。

「それはアクア様の勝手な想像に過ぎません。もしかしたら最高に紳士的かもしれませんよ？　ほら、アクア様が書かれているような」

羞恥で顔が燃えるほど熱くなった。

使用人が掃除の最中に机の下に落ちていた私の雑記帳を見つけて、それをミントに見られてしまったのだ。あれには私が軟禁状態の頃、あまりに退屈すぎたためにシエルの虚像を作り出し、何ページにも渡って妄想を書き記してある。

それを見たミントは私がシエルに心底惚れ込んでいると勘違いしたのだ。

違う。あれは現実逃避というものだ。実際には起こりえない。

「ちが、違うのよ、ミント。あれはだから妄想で……」

「ええ、だから現実の話をいたしましょう。はっきり言って、これは避けられません。いずれ必ずこうなることはアクア様もわかっていたでしょう？」

真面目な顔をして話すミントに私はぐうの音も出ない。

側妃の役目は王の子を産むこと。わかっていたけど、初日に拒絶されたことですっかり安心していた。まさか、妃五人順番に子作りするなんて！

「……覚悟を決めなければならないのね」

「そうですよ！」

「どうして嬉しそうなの？」

やたら笑顔を振りまくミントに私は唇を尖らせる。しかしミントはそんな私を見て笑うだけだった。

その日から緊張する日々を過ごすことになった。

他の妃たちの順番が回ってくるたびにそわそわし、ミントに頼んで使用人たちの動きや、噂話などを仕入れてもらった。

ところが、その情報のどれも意外なものばかりだった。

シエルと過ごした妃はその後、鬱々とした表情になっているという。

そう言えば、たまたま宮殿内でアンバーと遭遇したときも、彼女は私の顔を見て嫌味のひとつも言わず、ため息をついて立ち去っていた。

これはおかしい。天変地異でも起こりそうだ。

聞くところによるとガーネットはシエルと過ごした翌日、部屋にこもって泣きじゃくっていたらしい。


「そんなにひどい夜だったの？」

訊《たず》ねると、ミントはしれっとした顔で答えた。

「どうやら食事を終えたらシエル様はさっさと王宮へ戻ってしまわれたそうですよ」

「え？　何しに来たの？」

「どうやら本当に会いに来られただけでしたね」

「そうなのね」

神様、ありがとう。

これで私も安心してシエルを迎えることができるわ。

ふたりきりで食事さえ億劫だけど、一晩過ごすよりはるかにマシよ。

「でもルビー様とだけは一晩お過ごしになられたそうですよ」

「ルビー様は妖艶なお方だもの。きっと素晴らしい色仕掛けをおこなったのよ」

でも平気。私にはそんな技量は皆無だから。

きっと食事の最中に愛想をつかして出ていってくれるに違いないわ。

この最大のイベントを乗り越えたら、今度こそしばらく静かに過ごせそうだ。

そう思っていたのに、事態は思わぬ方向へ進むことになる。

第三章

ついにシエルが五番目の妃である私のところへ訪れる日がやって来た。

私の部屋では朝からその準備で大騒ぎだ。

ミントの指示で多くの使用人たちが掃除をして部屋中を花で飾り、テーブルに食事の準備をした。

だけど、一番びっくりしたのはベッドである。

身支度をされて部屋に戻ると、高級なシーツの上に赤い薔薇の花びらがまき散らされていたのだ。

「な、何なの？　これは……」

「ムードを盛り上げるための演出です」

ミントは満面の笑みで答えた。

「必要ないのに」

「王様のご寵愛を受けるチャンスですよ。私たちはこの日のために計画して頑張ったんですから」

たしかに、彼女たちはかなり頑張ってくれた。

私は今まで使ったことのない高級な香油で湯浴みをしたし、髪はサラサラに整えてもらった。

淡いブルーの寝間専用のドレスに、金銀のラメがキラキラ光るほんのり透けた白のショールを羽《は》織《お》り、アクアマリンとダイヤモンドのネックレスを身につけて、上品かつ控えめな化粧を施《ほどこ》してもらってさえいる。

彼女たちは完璧な夫婦の初夜のための部屋と、私を完成させたのだ。

きっと食事をするだけだけど、目をキラキラさせている彼女たちを見ると無下《むげ》にはできない。

私は「ありがとう」と言うしかなかった。

「――陛下がいらっしゃいました」

使用人たちが扉を開けると、外には護衛騎士たちが控え、そこには黒のシャツとスラックス姿という王とは思えないほどラフな格好のシエルが立っていた。

よく考えてみたら、きちんと正装した彼の姿をほとんど見ていない。けれど、簡素な衣服を身につけていてもやはり、気品にあふれているのはさすが王族というところか。特に顔がいい。

「では、わたくしたちはこれにて失礼いたします」

ミントと使用人たちは深く頭を下げると、そそくさと退室していった。

シエルとふたりきり。緊張するけど、前回より落ち着いている。まずは私から挨拶をして、食事のテーブルについた。

しかし、シエルは私が何かを言っても「ああ」とか「そうか」など、短い言葉しか発することがない。

き、気まずい……

せっかく美味しい料理を用意してもらったのに、味を感じない。

ある程度覚悟はしていたけれど、本当に口数の少ない人だ。

ここは私からどんどん話しかけるしかないか、と思っていたらシエルは真面目な顔で声をかけてきた。

「お前にひとつ質問がある」

どきりとして背筋を伸ばし、なるべく穏やかに返事をする。

「はい。何でしょう？」

「俺がお前の親を殺したとする。お前はどうする？」

い、いきなり重い質問が来た！

わざわざこんな質問をするには何か意図があるのだろう。

ここは「すべてシエル様に従います」と答えるのが正しいのかもしれない。

なぜなら自分は妃だからだ。

想像するに、オパールとルビーはシエルの求めた答えを言ったのだろう。

アンバーは困惑して何も言えなくなったか、あるいは必死に演技をして「すべてシエル様に従います」と言ったかもしれない。

幼いガーネットは、混乱して泣き出してしまった可能性すらあるかもしれない。

さて、私の場合はどうだろうか。

通常の感覚では親を殺されるなど、考えたくもないはずだが、あいにく私には親に対してそのような情はない。そんな自分にもぞっとするけど、それが私だから仕方ないのだ。

私は視線を上げて、シエルの目を見つめた。

「私は現実を受け入れます。一国の王が父を殺すには、それ相応の理由があるでしょうから」

「なぜそう思う？」

「私は父を信用しておりません。ですから第三者として公平な目で物事を見ることができます」

シエルが目を細める。

私の言葉は、彼にどのように受けとられているだろうか。

けれど、私は事実をそのまま口にしただけだ。彼に媚《こ》びへつらうつもりなど毛頭ない。

「事情は知らないが、実の父であってもそのように平静でいられるのか？」

「血のつながりなど私には重要ではありません。父がそのように私を育てたからです」

満面の笑みで返したら、シエルは眉をひそめた。

「お前の発言は、捉えようによっては自身の家門を穢《けが》すものだが」

「心得ております。ですから、人前で家門の恥さらしになる言動は慎んでおります。けれど、ここには私とシエル様のふたりきり。他の誰が知る機会があるでしょう？」

シエルがぴくりと眉を動かす。

少々言い過ぎたかしら？

「……お前は俺のために家門を捨てる覚悟があるということか？」

シエルが真顔で訊《たず》ねたので、私は冷静に返す。

「はい。正確には、あなたのためではなく国のためでしたら、ですが」

王の妃だから、王に従うという理由ではないということだけ主張しておく。

そう言うと、シエルは目を細めて、さらに続けた。

「わかった。しかし、理由を言ってみろ」

「理由ですか？」

「そうだ。たとえば俺は、気に入らない人間がいたら殺す。その者の死は誰にも知られることはない。お前を殺すこともあるだろう」

前にノゼアンと話していたから、これが先々代のやり方を引き合いに出していると即座に気付けた。

先々代の国王はまさに暴君で、民への締めつけも厳しかった。しかし、先代国王……つまりシエルの父が謀反を起こして先々代を弑逆《しいぎゃく》し、今の王政が始まった。

王も人間であり、間違った道を進むことがあるのは歴史が証明している。

そのことを踏まえた上で、王を信じるに足る理由があるのかと、シエルは訊きたいのだろう。

ほんと、意地悪なことばかり質問する人ね。

普通ならここまで言われてしまっては、妃は感情が乱れて狼狽《うろた》えるはずだ。

アンバーが放心状態になり、ガーネットが泣いてしまった理由がよくわかる。

オパールやルビーがどんな返答をしたのかわからないけど、私が言えることはただひとつ。

「シエル様はそのようなことはなさりません」

「そう断言する根拠は？」

「はい。シエル様は騎士ですから」

シエルは硬い表情のまま、わずかに目を細める。

私は俯《うつむ》き、自分の思いをそのまま口にした。

「騎士が叙任を受けるとき、神殿で【生命の石《ラピスヴィータ》】の祝福を受けます。神の前で誓った者が理由もなく人を殺《あや》めては騎士道に反します。シエル様は二度と剣を握ることはできないでしょう。そのようなことは絶対になさりません。なぜか。それは、シエル様にとって剣術は人生そのものですから」

戦《いくさ》の神と呼ばれ、王位に就く前はこの国を侵略から死守した偉大な騎士と有名な人。

それだけじゃない。侍従も連れずに毎日ひとりで訓練をおこなっているのだから、彼の剣術に対する熱意は相当なものだ。

「知ったような口を利《き》く」

シエルがぼそりとそう言った。

まずい、言い過ぎた？

そう思って顔を上げると、彼は口もとを手で押さえて、声を殺して笑っていた。

驚いて呆気にとられていると、さらに衝撃的なことが起こった。

シエルは私にまっすぐ笑顔を向けたのだ。

「なかなか聡《さと》い女だ」

「えっ……」

「面白い」

う、嘘でしょ……シエルが私を褒《ほ》めた？　ていうか、面白いですって？

これは夢？　それとも何かの冗談？

シエルが笑ったというだけで、鼓動がどくどく鳴り響く。おかしいわね。なぜこんなに動揺しているのかしら。

「お前は俺が怖くないのか？」

「こ、怖くはありません」

ただいろいろと面倒なのであまり接したくありません、という本音は心に秘めておく。

「そうか」

シエルは笑みを浮かべながらゆっくりと立ち上がり、窓際へと歩いていく。

そして彼はテーブルに置かれたチェス盤を見て言った。

「お前は俺とチェスをしたいそうだな？」

おそらく適当に私が言ったことを、オパールが伝えたのだろう。突然の言葉だが、話がずれるならちょうどいい。私はこくりと頷いた。

「はい。よろしければお相手を、と」

「だが、俺はノゼアンより弱いぞ」

「え？」

いきなりそんな告白をされて呆気にとられた。

それを見て、またシエルがイタズラっ子のような笑みを浮かべる。

なんだろう、このむず痒《がゆ》い感じは。今まで冷酷で気難しい印象しかなかったシエルがどんどん崩れていく。親しみを感じてしまう。もっと言えば、ちょっとだけ、可愛い。

「……大丈夫です。私もノゼアンより弱いので」

笑顔でそう答えると、シエルはやはり笑った。

これほど多く彼の笑顔を見ることができるなんて、結構お得かもしれない。そんなことを思っていると、シエルがチェス盤の置かれていたテーブルから、なぜか紙束——雑記帳を取り出していた。

「これは何だ？」

そう、雑記帳だ。棚の引き出しにしまってあるはずの絶対に誰にも見られてはならないもの。ミントなら軽く笑って済ませられるが、そこに記されたあらゆる妄想の元である本人に見られてはとんでもないことになる。

「お、お待ちください！」

急いで駆け寄ったが、シエルはすでにページに目を落としていた。止めることもかなわず、シエルはページをめくり続ける。睨《にら》むように雑記帳を見つめていたシエルは、ゆっくりと私へ目を向けると低い声で訊《たず》ねた。

「おい、俺の性格が最悪とはどういうことだ？」

うわあぁ……終わった。

せっかく上手くこの時間を乗り越えられると思ったのに。

棚の引き出しの一番奥にしまっているのに、どうして開けちゃったの？

ああ、鍵でもかけていればよかった。

そもそも王様を題材にして妄想を繰り広げた私が全面的に悪い。

ということで、自業自得だ。

できることは処罰を回避するための弁明しかない。

肩を縮め、私はシエルの機嫌をできる限り損ねないだろう言い方を考える。

「……妃になったばかりですので、出会った方々の特徴を記して記憶するように努めていたのです。よくご覧になってください。性格は最悪だけど顔は綺麗と書いております……」

「余計なひと言だろうが」

「……はい」

ドキドキしながら視線を上げると、シエルはじっとこちらを見下ろしていた。

けれど特に激怒したような様子はなく、落ち着いているように見える。

それに、近くで見ると気づいたことがあった。ノゼアンと目が似ているのだ。髪も瞳の色も性格もまったく違うのにやはり兄弟なのだなと思う。

無言で見つめられると気まずく、慌てて会話を続けた。

「このような小娘の戯言《たわごと》など気になさることではありませんわ」

「小娘ではない。お前は俺の妃だろう？」

「え？　はい……そうです、けど」

「気に入らん」

やはりお怒りでしたか。ここは丁重に謝罪をするしかない。

「申し訳……」

「なぜノゼアンにはいいことしか書かれていない？」

「はい？」

そっちですか？

予想外の発言に頭が混乱する。

妃に興味はないと最初に会ったときに言っていたのに一体どういうこと？

「はっきり言おう。あいつのほうが俺より性格が悪い」

シエルはまるで子供みたいに感情むき出しの顔でそう言い放った。

それにも戸惑ったけど、ノゼアンの悪口を言うことにも複雑な思いがある。

「ノゼアンは、優しいです」

私は心の底から信じていることをごく自然に口にした。

するとシエルは目を細めて嘆息した。

「お前はもう少し賢い奴だと思ったが、そうでもないな」

「どういうことですか？」

「上っ面しか見ていない」

少しムッとしたので言い返す。

「ではシエル様はノゼアンの言動がすべて演技だとでもおっしゃりたいのですか？」

「演技ではない。あれもノゼアンの一部だ。しかしすべてではない」

シエルの言っていることはある程度は理解できる。誰だって表ではいい顔をして内情は他人に見せないものだ。私だって他の妃たちの前では笑顔でいながら内心面倒だなってずっと思っている。

けれど、それって人間ならごく自然のことなのでは？　そこまで強く主張するほどのことかしら？　もしかして、シエルはノゼアンと比較されることをものすごく気にしているとか？

私は、シエルを見つめて訊いた。

「ノゼアンのことが嫌いですか？」

「大嫌いだ」

即答されたので理解した。自分の妃が、嫌いな相手のいいところばかり羅列していれば気分も悪くなるだろう。すぐに姿勢を正して、頭を下げる。

「申し訳ございません。以後気をつけます」

「何をだ？」

「今後はシエル様のいいところも記しておきます」

真面目にそう答えたら、シエルの表情が少し緩んだ。

それどころか、彼は顔を背けるとわずかに頬を赤らめたのだ。

びっくりして言葉を失った。もしかしてこの人は、ものすごく素直な人なのではないだろうか。

そう思ったら、急に親近感がわいてきた。

実家の父や継母や意地悪な使用人たちよりも、貴族学院にいたやたらプライドの高い連中よりも、一国の王であるはずのシエルのほうがずっと親しみやすい。

「せっかくなのでゲームをしませんか？」

私がチェスの駒を手に持ってにっこりと微笑むと、シエルはまだ頬を赤らめたまま「ああ」と短く返事をした。

心配することなんて何もなかった。

シエルはこちらが誠意を見せればちゃんと答えてくれる。

不器用なだけなんだわ。事前に予想していたこととまったく違う状況になっていて少し戸惑うけど、それよりもずっと居心地のよさを感じてしまう。

つまり、楽しい。

「――シエル様、私の勝ちでございます」

ゲームを始めてそれほど経たないうちに、盤上は私の優勢になり、結局勝ってしまった。

私は姿勢を正したまま、まっすぐシエルを見つめた。彼は真顔でチェス盤を見つめている。

「もう一度だ」

「かしこまりました」

何度ゲームを繰り返しても同じ結果になることが私にはわかっていた。

最初のゲームが始まったとき、シエルの実力が見えてしまったからだ。

おそらく彼はこういったゲームを好まない。というよりは、普段からゲームをしないのだろう。

こういうのは慣れもあるから、日常的にゲームをしていればある程度は強くなるものだ。

平然と駒を進めていく私に、シエルが眉をひそめて言った。

「お前は夫に勝ちを譲ろうという気はないのか？」

「はい。そんなことをすればシエル様はお怒りになるでしょう」

「俺が？」

「一騎打ちのときに相手に手加減をされて満足ですか？」

「殺したくなるほど腹が立つ」

「そういうことです」

にっこり笑ってそう言うと、シエルは口もとに手を当てて俯《うつむ》いた。

「シエル様？」

もしかして気分を悪くしただろうかと危惧《きぐ》したが違った。

彼はわずかに顔を上げて目線だけ私に向けると、口角を上げた。

「お前は本当に面白い」

「ありがとうございます」

冷静に話しているけれど、私の胸中は喜びと充実感で満たされている。

こんなふうに楽しめるなら、シエルともっと一緒にいてもいいのに。そんなことを思いながら駒を進めると、シエルは若干顔をしかめながらも、私に向かって訊いた。

「お前はなぜこれほど強い？」

「学校にチェスのクラブがあったのです。そこで鍛えられました」

「令嬢なのにか？」

「ええ。私以外男性でしたから周囲にはバカにされましたけど、それが余計に私に火を点《つ》けたのです。絶対に男に負けたくないと」

カンッとポーンを盤上に置く。

シエルは眉根を寄せつつ、ポーンを睨《にら》んだ。

「お前がそれを使って攻め立ててくるのが腹立たしい」

「決してシエル様を侮《あなど》っているわけではありません。ポーンが最弱にして最強だからです」

私は遠慮なく駒を進めていき、シエルの陣営に入り込んだ。

シエルがチェスを苦手でも、ルールを知らないわけはない。

相手の最終列に到着したポーンは、キング以外のどんな駒にもなれる。

ポーンがクイーンに昇格すれば、最強の駒になる。これでどうだとばかりにシエルに視線を送ると、彼は自分の戦況を見下ろし、ふっと笑みを浮かべた。

「なるほど。たしかにお前がいたら、その国は安泰かもしれないな」

「え？」

「お前なら必ず自分のキングを守ることができるだろう」

もう何度目だろう。シエルの言動に驚かされたのは。

……あくまでゲームのことを指して言っているのよね？

意味深にアクセントを置かれた『自分のキング』という言葉に、一瞬顔をしかめそうになるが、すぐ表情を取り繕った。あくまでゲームだというならば、私が言えるのはこれだけだ。

「どんな敵も、私のお守りする王に指一本触れさせません」

「その言葉、信じていいのだな？」

シエルは今まで見たこともないほど柔らかい表情で微笑んだ。

それがあまりに綺麗で、優しさに満ちていて、私の胸の奥にじんわり沁みた。

どうしたのかしら、私は……彼を見てドキドキするなんて、おかしいわ。

鼓動が速まって、わずかばかり頬が熱くなる。それでも、いつものように手を進めればいつの間にかチェックメイトの構図が出来上がっていた。

「もう一度勝負しろ」

「何度やっても無理かと思います」

「では勝つまでやる。俺は戦《いくさ》で負けるのが嫌いだ」

「妃相手にムキになるなんて……」

ぐうう、と私の腹の虫が豪快に鳴った。そういえば今日は緊張してあまり食事をとっていなかった。先ほどもほとんど料理に手をつけずにチェスを始めてしまったから食べそびれている。

王の前でこんな醜態をさらすなんて失礼極まりない。

「……すみません。お腹がすいてしまって」

おずおずと言い訳を口にすると、シエルはくっと笑いを洩《も》らした。

「お前はどこまで予想外のことをしてくれるのだ？」

「えっ……」

「待っていろ」

シエルは黙って立ち上がり、食事が置かれたテーブルへと向かう。

そして、彼はスライスしたパンにステーキ肉を挟んでわざわざナプキンで包んだ。

それを私に差し出した。

「食べながらできるだろう？」

驚きながら、そっと肉を挟んだパンを受けとった。

シエルは自分の分を手に持って座り、パンをかじりながら話す。

「戦場ではこのように食う」

「ありがとうございます」

そういえばオパールが、シエルはサンドイッチが好きだと言っていたことを思い出す。

ひと口かじると、パンと肉のうまみが口の中に広がった。王宮に来てからはずっとフォークとナイフが必要な上品な食事ばかり味わっていたから、なんだか楽しい。

「嫌がらないのだな？」

「はい。本を読みながらよくこうやって食べていましたから」

笑顔で答えると、シエルは笑みを浮かべて「そうか」と言った。

今日の夕方までは、シエルとこんなふうに笑い合って食事をしながらチェスをするなんて思いもしなかった。今の私は初めて対面したときのシエルの印象とはずいぶん違って受けとめている。

彼は素直だし、それにほんの少し優しい人だ。無口で真顔のときは怖い印象しかなかったが、あれはただ他人と接することに不器用なだけで、ちゃんと相手の話に応えてくれる。

ノゼアンが、私とシエルは似ているなんて言っていたのは、正直よくわからないけど。

それにしても、シエルにサンドイッチを作ってもらって一緒に食べたなんて、他の妃に知られたら大目玉を食らいそうだ。

そんなことを思いながら、また駒を動かす。シエルはそれを見て嬉しそうに指先でナイトをつまみ上げた。

「今回の戦局は俺に分《ぶ》がありそうだ」

満足げにそう言いながら、サンドイッチをかじる。

「いいえ、これからですわ」

駒を進めながら私もサンドイッチを食べた。

令嬢同士ならこんなマナー違反は絶対にできない。だけどシエル相手ならそれが許される。

不思議。こんなの、楽しい以上に幸せだわ。

それから私たちは、時間を忘れてゲームに没頭した。シエルは時折私に異国の話などをしてくれて、私は貴族学院時代の話を少しだけした。

そうして夜が深くなっていき、次第に集中力が切れてきた頃。

「手を抜いているのか？　戦略がおろそかになっているぞ」

シエルが勝ち誇ったような声を出す。

「……いいえ。でも、頭がうまく働かないのです」

つまり眠いのです。

「しっかりしろ。勝負は俺に傾いている。今、お前がここでやめたら俺は不戦勝になるだろ？　それは俺の性分に合わない」

シエルが至極まともなことを言っているのはわかるが、正直もうどうでもいい。

だんだん彼の声が遠のいてきたし、頭の隅にはなぜか剣術訓練をするシエルの姿がぼんやり浮かぶ。そう、上半身裸で剣を握る彼の姿が……

「おい、寝るな。起きろ」

シエルの声がやたら頭に響く。

この人は体つきもいいけど、声もいい。それに顔もいいし、もしかして最高じゃない？

うとうとしながらシエルの声を子守歌にして、私はゆっくりと意識を手放した。

それからの記憶はない。

◇

『アクアオーラ様、愛人というのはですね――』

子供の頃の夢を見た。

まだ実の母が生きていた頃の夢だった。

使用人のひとりが、親切そうな笑みを浮かべて私に近づいてくる。

そうして、私の耳にささやいたのだ。

――父は幼い頃からほとんど家にいなくて、母はずっと寂しそうな顔をしていた。

仕事で忙しいのだと母は言っていたが、使用人たちがひそひそ話していたのを聞いたことがある。

父は外に愛人がいるのだそうだ。幼い頃には『愛人』という言葉が何を指すのか理解できなかったが、母より好きな人がいるということだ、と意地悪な使用人のひとりがわざわざ教えてくれた。

そのときはショックというより不思議だった。父は結婚した母よりも好きな女性がいるのだ。

それならなぜ母と結婚をしたのだろう？

そんな疑問をずっと抱《いだ》いているうちに、結婚とは好きでもない人とするものなのだと悟った。

シーンが切り替わり、父が愛人に愛をささやくのを呆然と見ている十歳の頃の私が見える。

父は私や母には無関心なのに、その愛人とやらには「愛している」と言っていた。

あの頃から愛情が何なのか、さっぱりわからなくなった。人を好きになる感覚はなんとなくわかるけど、憧れとかその程度で、心からたったひとりを愛することに関してはよくわからない。

きっと、私は一生誰かを愛するということを知らずに生きていくだろう、と貴族学院に行く頃には思っていた。

さらにシーンが切り替わり、アンバーやルビーたちの声が聞こえる。

そうだ。政略結婚で妃になった今だって、愛情なんてどうでもいいと思っていた。

他の妃たちが一生懸命シエルの寵愛を受けようとしているのも、正直理解できなかった。

でも――

色鮮やかなドレスが滲んでいき、真っ黒な騎士服が見える。

『俺がお前を愛することはない』

シエルの目が私を見つめている。

この言葉を思い出すのはこれで何回目だろう。たいしたことない言葉なのに、やたら私の記憶に残っている。

結構ですよ。私もあなたを愛することはないので。

私は愛するということを知らないので。

たとえ求められてもそれに応えることはできないでしょう――

◇

頬に冷たい雫がつたって落ちた。

どうやら夢を見ながら泣いてしまったようだ。

意識がはっきりしてくると夢の内容はおぼろげになった。

きっと、どうでもいいことだったに違いない。

ふかふかのベッドの上で、いつもの心地いいシーツを手で掴んだ。

妃になってよかったと思うことのひとつに、この高級シーツで眠れることがある。触り心地が最高のシーツで寝ていると、ついつい寝坊してしまって、最近はミントに起こされるまで目が覚めないくらいだ。

困ったことになったと思う。

くすっと笑いながら寝返りを打つと、何か大きくて温かいものにぶつかった。

「えっ……？」

驚いてぱっちり目を開けると、そこには上半身裸の男が横たわっていた。

「きゃあああっ！」

「うるさい」

いきなり、がばっと大きな腕に肩を掴まれ、抱き寄せられる。

一体、何がどうなっているのだろう？

ドキドキしながら顔を上げると、シエルの口もとが見えた。

ち、近すぎる！

「シエル様、なぜ……」

「お前が途中で寝るから運んだ」

「え？　あ……」

そういえば、ゲームの途中で眠気にやられて、そのあとの記憶がない。

あのまま眠ってしまった私をシエルが運んで、そして彼も一緒に寝ているということだ。

がっちりとした肉体美に、まさか顔をうずめる日が来ようとは思わなかった。

今夜はあまりに予想外なことばかりで頭がついていかない。

そして、ふと思う。

「ま、まさか……」

急いで自分の身を確認したが、普通にドレスを身につけていたので安堵した。

けれど、この状況はどう考えてもそれを避けることなどできない。

食事をしてすぐに出ていかれると思い込んでいたから、心の準備ができていなかった。

ああ、どうしよう。とにかく、確認しよう。

「あの、シエル様」

「何だ？」

「夜伽《よとぎ》はおこないますか？」

シエルは黙り込んだ。

あれ？　何か間違ったことを言ったかしら？

妃だから、当然子作りをしなきゃいけないのよね？

どうすればいいかわからず、さらに言葉を重ねる。

「ええっと……もしそうでしたら、少し準備をしたいのですが」

「準備だと？」

シエルの声が少々不機嫌な気がして不安になり、恐る恐る訊いてみた。

「その……私はそのことについて何も知りません。母と死別しまして……継母も教えてくれなかったので、無知のままで王宮入りしたのです。ですから、チェスより下手だと思いますけど一生懸命お応えできるよう努めますから……」

シエルはいきなり私の頭をぐいっと掴んで顔を放し、じろりと睨《にら》みつけた。

「お前は！　そんな色気のない誘い方があるか！」

「ご、ごめんなさい」

うわあ、すごいお怒りだわ。失敗した。どう弁明しよう。だめだわ。他のことなら冷静に頭が働くのに、今は動揺しすぎて言葉が出てこない。

しばらく怒りの表情を浮かべたシエルと私はじっと目を合わせていたが、急に彼が顔を背けた。

シエルは私から離れると、布団に頭をうずめて唸り声を発した。

まずい。相当怒らせたに違いない――と思っていたら、意外なことが起こった。

「ははは っ……何なんだ、お前は。本当にとんでもない妃だ」

「……すみません」

シエルが笑い出したのだ。呆れたような表情ではあるが、チェスをしていたときと同じく、纏《まと》う空気は柔らかい。わけがわからず、ただ謝るしかない。そんな私を見て、さらにおかしそうにシエルは笑っていた。

「こんなに笑ったのは久しぶりだ。お前といると面白いことばかりだな」

怒っているわけではないようだし、ここはお礼を言っていいところだよね？

「ありがとうございます」

ベッドの上で膝をついて頭を下げる。するとシエルは少々気を取り直したように、私に顔を上げさせた。

「アクアと言ったな」

あ、名前……呼んでくれた。

ちょっと驚いて、目を瞬《しばた》かせてしまう。

「はい」

「夜伽《よとぎ》がしたいなら俺をその気にさせてみろ」

そう言ったシエルは少々意地悪な表情を浮かべていた。彼の紅《あか》い瞳が薄暗い部屋の中で私を射貫《いぬ》いている。その壮絶な色気にどきりとしつつ、私はぎゅっと手を握りしめた。

「……それは難しいです」

「他の妃にできることがお前はできないのか？」

「それはわかりません」

……というよりも、私にまったくその気がないのでむしろできなくていいと思っています、なんて言うわけにもいかない。

この場をどうすれば乗り切れるだろうか、と肩を縮めていると、ふっとシエルが笑う声がした。

「冗談だ。それに、俺は妃の誰とも夜伽《よとぎ》をしていない」

「え――」

意外すぎて声が洩《も》れてしまった。

てっきりオパールとはそういう関係だと思っていた。私の反応を見ると、さらにシエルは楽しげな表情になって、私の髪を大きな手でそっと梳《す》いた。

「お前が一番になるかもしれないな」

やけに嬉しそうにそんなことを言う。

……それはないですね。

私はただにっこり笑顔を返すことしかできなかった。

結局、この夜はまったく色気も何もなく、ただお互いに笑い話をして過ごした。それから私たちはいつの間にか寝入ってしまって、ふたりで朝を迎えることになった。

当然だけど、ミントも他の人たちも驚き、瞬く間にクリスタル宮に私のことが広まった。

アクア妃が国王陛下と朝まで過ごした、と。

私がシエルと結ばれたと思い込んだミントは、懐妊したかもしれないとやたら体を気遣ってくれた。

そんなことは絶対にないと何度説明しても聞いてくれないので、もう否定するのも諦めた。

どうせ、噂なんてすぐ収まるだろう。

そう思っていたのに、事態はとんでもないことになっていた。


「この裏切り者！」

私はアンバーの茶会の席で、本人から紅茶をぶっかけられた。

私の淡いブルーのドレスがじわじわと茶色に染まっていく。

まだオパールも来ていないというのに、こんな勢いで来られるとは思っていなかった。

アンバーは空《から》になったカップを手に持ち、息を切らせながら声を荒らげた。

「何がゲームのお相手をするですって？　夜伽《よとぎ》のお相手じゃないの！　よくもあんな嘘が言えたものね」

嘘をついたわけではないし、実際にゲームの相手をしただけで夜伽《よとぎ》はしなかった。

そう言っても信じてもらえるはずがない。状況だけ見れば、どう釈明しようと無理だ。

「どうやって取り入ったのよ？」

アンバーは興奮しながら私に詰め寄ってくる。

一発くらい殴られる覚悟で身構えた。

すると、私の向かいで優雅に紅茶を飲みながら、ルビーが口を挟んだ。

「前から周到に準備していたのでしょう？　図書館へ行くと言って、わざわざシエル様が出歩く時間を計算して偶然を装って出くわすように計画していた子よ」

随分と前のことを蒸し返されて、思わず瞠目《どうもく》する。

ああ、もう、ため息しか出ない。そんな暇があるなら一冊でも本を読みたいわよ！

けれど、ルビーの言葉にさらに周囲はヒートアップしている様子だ。感情的になっている相手に証拠もなしで何を言っても通用するわけがない。

この場をどうにか収めるには、ひたすら謝るしかないのかもしれない。

父と継母に炸裂させてきた謝罪をここでも発揮すればいいのよと、頭を下げようとして、ふと思いとどまった。

なぜ、謝罪をしなければならないの？

そもそも私は何を裏切ったというの？

よく考えたら筋が通らない。

今までのように、なあなあで生きていってもいい。でも、せっかく実家を出たのだから、私だって変わらないと。私は息を深く吸い込んでから、顔を上げた。

「――妃なら王とふたりきりになればそのような事態が起こっても何ら不思議ではありませんよね？　それは私だけではなく、全員に起こりうることです。アンバー様がどうしてそこまでお怒りになるのか私には理解しかねます」

「な、なんですって？　この女……」

言ってやった、と言ってしまった、という言葉が同時に脳裏によぎる。

アンバーが激怒して手を振りかざす。私は目を閉じて、降りかかる攻撃を受ける体勢をとった。

「おやめなさい！」

「ルビー様……？」

目を開くと、アンバーが手を上げたまま硬直している。

視線をずらすとルビーと目が合った。彼女は私を一瞥《いちべつ》し、それからアンバーに向かって言う。

「わからないの？　今、あなたがアクアに手を上げれば負けを認めるようなものよ」

「え？」

アンバーは意味がわからないというように首を傾《かし》げる。

そう、今ここで感情的になった妃は、王と夜伽《よとぎ》ができなかったと訴えているようなものだ。

まあ、私を殴らなくてもそれは明確かもしれないけど。ルビーには気づかれてしまったその思惑に肩をすくめる。ふと視線を下に向けると、すっかり紅茶は新調したばかりのドレスに染み込んでしまっていた。

シミになってしまうなと思っていたところ、侍女がオパールの来訪を伝え、全員が扉のほうへ注目する。入ってきたオパールは、私たちの惨憺《さんたん》たる様子に目を瞠《みは》った。

「何をしているの？」

全員が慌てて姿勢を正す。

オパールは少し険しい表情で、私へ目を向けた。

「アクアさん、あなたは早くドレスを着替えたほうがいいわ」

驚いたことにオパールは私がここから逃げられるきっかけをくれたのだ。

「はい、ありがとうございます。それでは、私は失礼します」

そう言って、私はカーテシーをおこなうと、茶会の席を抜け出した。

それからどうなったのかわからない。

さすがにあの場に戻る勇気はなかった。それに、ガーネットもまだ落ち込んでいるのか茶会に姿を見せなかったようだ。

もしかしたら三人で茶会を続けたのかもしれない。

さらに、今回のことで、私はなぜかカイヤに怒られてしまった。

「あなたは本当にクリスタル宮の規律を乱しますね。今までこんなことはなかったのに」

反論でもしようものなら、カイヤは怒涛のごとく意味不明な持論を展開した。

カイヤだけではない。宮殿内にいる侍女たちもひそひそ言いながら私を避けている。

正直、なぜ妃が王と朝まで過ごしただけでこれほど冷ややかな目を向けられるのだろう。

意味がわからない。

「あなたは当分のあいだ外出禁止です」

結局、何も悪いことをしていないのに罰を受けてしまった。

こうして私は謹慎のため、再び部屋にひきこもることになった。

けれど今はそれでもよかった。出歩くだけで痛い視線にさらされるのだから。

そんな中、私を元気づけてくれたのはミントだった。

「アクア様、お茶にしましょう」

ミントはいつも明るく接してくれて、それが私にとって救いだった。書きかけの雑記帳を手にしてソファに移動する。するとミントは私のとなりに座って嬉々として訊いてきた。

「今日はどれくらい進みました？」

「たいして進んでいないわ。もう書くことがなくて」

「見てもいいですか？」

私が雑記帳を渡すと、ミントは嬉しそうにそれを読んだ。

「すごい。よくシエル様のこんな一面を思いつきますね。素敵すぎます」

シエルがいいことを書けと言ったから、ノゼアンよりたくさんいいことを羅列してみただけだ。ちょっとした恋愛小説のようになっている。軟禁状態だから筆がよく進むのだ。

「『まつ毛が長くて綺麗で、ふとした拍子にその瞳が開いたのを見ると、紅眼の鋭い光に体が縛られたみたいに動かなくなる』なんて、グッと来ちゃいました」

「読み上げなくていいから」

羞恥に頬が熱くなる。

私は熱い紅茶を飲み、スコーンを食べた。私の様子を見ながら、ミントがくすっと笑う。

「アクア様はシエル様のことが好きなんですね」

「え？　違うわ。見たことを書いただけよ」

「そうですか？　どうでもいい相手のことをここまで詳しく書けませんよ。ここにはシエル様への愛があふれています」

「愛……？」

ミントはおかしなことを言う。

シエルの顔が綺麗とか、体つきがいいとか、大きな手が温かいとか、見つめられたら動けなくなるくらい緊張するとか、近くにいると体が熱くなるとか、意外と笑顔が素敵だとか。

それから、優しい一面を見て感動したとか、会話をしていると楽しすぎて時間があっという間に過ぎていくとか――

ふと、雑記帳を読み返してみると、それまで妄想に過ぎなかったものが、だんだんと本当に体験したことになっていることに驚いた。

ミントは『よく思いつく』と言ってくれていたが、なんてことはない。すべて本当だったのだから――とそこまで思って、顔が熱くなった。

それを誤魔化すように、首を横に振る。すると、ミントも雑記帳を閉じて、微笑んだ。

「そういえば、もうすぐ王宮のパーティーがありますね」

「それ、私も行かなきゃだめ？」

「妃ですからね。それにもし欠席した場合、今度はシエル様の気を引くためにやったと疑われる可能性もあります。なので、ここは堂々と出席しましょう」

「……そうね」

うんざりしながら紅茶を飲む。これ以上スコーンを食べる気にはなれなかった。

この状態で妃が全員揃う場所に行くなんてどんな拷問なのよ。

だんだん私の思い描いていた王宮暮らしと離れていっている気がする。ぐったりしているうちに、先ほどまでの謎の動揺は離れていった。


そんなある日、カイヤが私の部屋を訪れて言った。

「ノゼアン様がお呼びでございます」

カイヤがそんなことを言うなんてめずらしいと思いつつ理由を訊くと、彼女は顔をしかめて言った。

「ここ数日寝込んでおられて、あなたと話したいとおっしゃっているのです」

「え？　ノゼアンは大丈夫なんですか？」

不安になって訊《たず》ねると、カイヤは冷静に告げた。

「あなたがその目で見て判断すればよろしいかと。外出許可を与えます」

「ありがとうございます」

カイヤは私に外出許可証を渡すと、すぐに出ていってしまった。これで謹慎は解けたと思っていいのかしら。カイヤだったらそれでも謹慎はここのルールだから、とでも言いそうなのに……

そう思っていると、ミントがやけに嬉しそうな顔でこちらを見た。

「カイヤ様、アクア様が出かける口実を作ってくださったんですね」

「えっ、どういうこと？」

「そもそもカイヤ様が外出禁止を命じたのはアクア様を守るためだったと思うんですよ。あの状況で宮殿内を歩き回っていたら誰に何をされるかわかりませんからね。侍女長の命令で謹慎にすれば誰も文句を言えませんし」

「嘘……」

思わぬ言葉に絶句する。けれど、ミントはゆっくりと頷いて微笑んだ。

「カイヤ様とは十年くらいの付き合いですからわかります。素直じゃないですよね」

でも、ミントの言うことが本当だとすれば、あの意味不明な持論の理由も理解できる。

もしかして不器用な人なのかしらね。だけど、敵だと思っていた人が実は味方だったことがわかっただけでも、少し心が救われた気がした。

外出用のドレスに着替え、久しぶりに宮殿の外に出ると、空気がさわやかで気持ちよかった。

謹慎中はバルコニーから太陽の光を浴びたり、庭園を眺めたりしていたけど、やっぱり自分の足で歩くのが一番いい。

ミントとノゼアンの城へ向かう途中、やけに騎士たちの腰が低いのが気になった。私を見ると深く頭を下げて、私がその場から離れるまでずっと立ち止まって見送ってくれるのだ。

今までは無視されていたのに、どうしてこんなに態度が変わったのか不思議だ。

首を傾《かし》げつつ辿り着いたノゼアンの城は、相変わらず使用人が少なく静かだった。

階段を上がり、彼の部屋をノックする。

応答とともにドアを開くと、ノゼアンは自室のベッドで体を起こし、本を読んでいた。

「アクア、来てくれたんだね」

顔色は青白いが、思ったより元気そうで安心する。私は部屋に入って、彼に微笑みかけた。

「具合はどう？」

「ずいぶんいいよ。あと数日はゆっくりするつもり」

「そう。よかったわ」

「そういえばシエルと会ったんだね。どうだった？」

「……そうね」

他愛のない会話が続くと思いきや、突然シエルの話を振られて驚いた。私はあの晩シエルと何を話してどう過ごしたかをノゼアンに語った。ただし、一緒に眠ったことは伏せて。

「あははは。やっぱり僕の言った通りでしょ？　アクアとシエルは似ているんだよね」

「似ているとは思わなかったけど、話していてとても楽しかったのは本当よ」

「それはお互いに気が合う証拠だよ」

ノゼアンはさらりとそんなことを言う。なんだか妙に恥ずかしくなった。

「シエルは意外と可愛いところがあるよね？」

「ええ、素直で負けず嫌いで、まるで子供みたいに可愛いわ」

そう言った瞬間、がちゃりと扉が開いた。

そこにいたのは、シエルだった。

ノゼアンと楽しく談笑していた私は、驚愕のあまり口を開けたまま硬直した。

シエルは険しい表情で私をまっすぐ見つめている。

「誰が子供だって？」

「い、いいえ。そのようなことは……」

タイミングがあまりにも悪すぎる。たしかに、シエルのことをそんなふうに喩《たと》えた私も悪いけど、それはノゼアンとの他愛ない会話の中身に過ぎないのだから。

だけど、ここで機嫌を損ねてはまずい。

「すみません」

素直に謝るとシエルはまっすぐ私に近づき、ノゼアンに向かって訊《たず》ねた。

「こいつ、連れていってもいいか？」

「いいよ」

ノゼアンがあっさりそう返したので、私は混乱した。

シエルは私の手を掴んで引っ張り、さっさと部屋を出ていく。

「ちょっ、ちょっと……ノゼアン」

私はノゼアンに助けを求めたが、彼はミントと一緒に満面の笑みで手を振っている。

このときにわかった。

――このふたり、最初から私とシエルをふたりきりにするつもりで謀《はか》ったんだわ！

シエルの大きな手に握られたまま、貴賓室《きひん》へ連れていかれる。そこは最低限の家具が置いてあるものの、空いているスペースが広い場所だった。

そこにシエルと向かい合って立つが、なぜかつないだ手を放してくれない。

どういうこと？　と思っていると、シエルが私を見下ろして言った。

「お前、ダンスはできるか？」

「はい、一応」

「では俺の練習相手になれ」

「え？」

なぜ私が、という思いと、舞踏会でのパートナーはオパールではないのかという疑問が膨らむ。

同時に、ただでさえ他の妃から目をつけられているのにここでシエルの相手なんてしたらどれほど反感を買うだろうという不安が襲った。

そんな私の様子を知らず、シエルはやや視線を下げる。

「俺は今までパーティーというものに無縁だった。急に他人の前で踊れと言われても無理だ。だが、それを他の者に知られたくはない」

シエルの言葉を聞いて、思わずふっと笑いが洩《も》れた。

負けず嫌いでプライドが高い。だけど、自分の無力さを認められるところはやはり素直だ。

「私には知られてもいいのですか？」

「お前は俺の……」

シエルは何か言いかけて黙った。

そして彼はわずかに頬を赤らめると、ぶっきらぼうに言い放つ。

「妻だろう？」

どきりとした。

シエルは当たり前のことを言っただけなのに、なぜこんなにも私の心はざわつくのだろう。

彼は私と目を合わせないようにしている。それがすごく可愛くて、私の胸をさらに締めつけた。

あなたには妻が五人いますよ、とすぐに言ってしまいたくなったけど。

なぜか、言いたくなかった。

「――では、私がお相手いたします」

つないだままの手を揺らすと、シエルはそっと片方の手を私の腰に添えた。手を取り合い、近くで顔を見合わせながらゆっくりと足を動かしていく。相手と少しでも動きが合わなければ、足が引っかかったり、動きが鈍くなったり、最悪転んでしまうこともある。

けれど、シエルとは、初めて踊るとは思えないほど息がぴったりだった。

シエルの少しぎこちない動きに私が合わせて補っている部分もあるが、それよりもずっと、彼と踊ることがしっくりくる感覚があった。

　普段は剣を握っているシエルの手はごつごつして硬い。それなのに、私の手をがっちり包み込む温かさがなぜか優しく感じる。

　こうしてダンスで異性と手を取り合うことは初めてじゃない。だけど、今までのどの相手よりも心地よかった。

「なかなか上手いな」

「シエル様もお上手ですよ」

私はダンス大会で優勝したから当然なのだけど、ダンス経験のないシエルが正直これほど上手いとは思わなかった。完璧とまではいかなくても、本番で失敗するようなことはないだろう。

順調に進んでいると、スローペースで始めたダンスが、だんだん通常の速さになってくる。

シエルは次第についてこられなくなったようで、私の足にわずかに引っかかった。

彼は体勢を崩し、私に覆いかぶさるような姿勢で、目を瞠《みは》った。

「悪い」

「いいえ。次はもう少しゆっくりにしましょうか」

シエルがあまりに上手だから、うっかり普通に踊ってしまったわ。

そのあとは少し速度を落として踊った。

シエルと顔を見合わせるたびに、なぜか頬が緩む。彼も穏やかに笑っていた。

その笑顔を見るだけで、胸の奥がぎゅっとして、少し恥ずかしくなる。目を合わせると鼓動が速くなる。ダンスの相手なのに、意識しすぎてしまって変な緊張感が高まっていく。

私はだんだん平常心を保てなくなっていた。

シエルと目が合うと、ドキドキして冷静でいられなくなるのだ。

なるべく彼の肩あたりを眺めておこうと思ったが、がっちりした肩幅とシャツの襟のあいだから覗く綺麗な鎖骨とか、長い首筋なんかを見てさらに鼓動が高鳴った。

私はどうしてしまったのだろう？

こんなに動揺してしまうなんて。

一緒に眠ったときよりも、今のほうがずっと緊張してしまう。

そんな余計なことばかり考えてしまったせいだろう。

ステップを踏みながらくるりと回転したところだった。

私は足を滑らせて、大きく体勢を崩してしまった。

「アクア！」

シエルが慌ててつないでいた手を引き、私の腰にまわしていたもう片方の手に力を込めて私を抱え込む。その勢いで彼も体勢を崩し、そのままふたりで床に倒れてしまった。

抱き込まれるような形になり、慌てて謝る。

「す、すみません」

「いや。怪我はないか？」

「はい。シエル様が守ってくださったので」

不安げな顔をするシエルに向かって、私は笑顔で返した。

私が床に腰を打ちつける寸前、シエルは私の腰にまわした腕で守ってくれた。

おかげで私は怪我を回避することができたのだ。

「そうか」

もう一度姿勢を作るところからと立ち上がろうとすると、シエルはため息をついて、そのまま私に覆いかぶさった。

——え？　どうしてこの体勢のまま動かないの？

「あの、大丈夫ですか？　もしかしてどこかお怪我を……」

「少し疲れたから休憩だ」

シエルの思いがけない言葉に驚愕し、混乱した。

どうしてこの体勢で休憩するの？

「あのう、すぐそこにソファがあるのでそちらで休みませんか？」

やんわりとそう言ってみたら、シエルは顔を上げて私をじっと見つめた。

……困った。さすがに抱き合った状態でずっといるなんて、心臓がもたない。だって、さっきからドキドキしていたのに、今はもう心臓が壊れそうなくらいバクバクしている。

シエルは鋭い眼光で私を射貫《いぬ》いた。長いまつ毛に彩られた紅《あか》い瞳に見つめられると、動けなくなってしまう。

雑記帳に記したことがそのまま再現されたみたいだ。

——この状況からどうやって逃れるべきか、考えることもできなくて、ただシエルの顔をじっと見つめていると予想外のことが起こった。

シエルの顔が近づき、ふわっと黒の前髪が私の額をかすめたかと思うと、唇に柔らかい感触が落ちた。それが次第に強く押しつけられる。そこでようやく、私はシエルにキスをされたのだと理解した。

一瞬何が起こったのかわからず、頭が真っ白になる。

ついで、驚きと息苦しさに、慌てて顔を背けた。

するとシエルはわずかに離れてくれたが、その際に熱い息遣いが肌に触れて、頭がくらりとした。

「あ、の……」

困惑しすぎてうまく声が出せない。同時に猛烈な羞恥心に苛《さいな》まれ、体中が一気に熱を帯《お》びた。

シエルは眉根を寄せて目を細めると、再び私と唇を重ねた。今度は軽いキスではなかった。彼は私の頭を抱え込むようにして唇を合わせてくる。

わかっている。妃だから、拒《こば》むことはできない。

だけど、何の前触れもなくいきなりこんなことをされると、気持ちがついていかない。

「……っ、ふっ」

キスのあいだ私はうまく呼吸ができなくて、苦しくなり、シエルの腕にしがみついた。

書物か何かで得た知識では、ファーストキスはもっとふわっとして美しいものだったのに、実際はあまりに違っていた。息苦しくて体が熱くて頭が変になりそうだった。

「まっ……待っ」

これ以上は無理だと思ってシエルの腕をさらにぎゅっと掴む。

顔が熱く、まともにシエルと目を合わせられない。

「あの……どうして、こんな」

――どうしていきなりこんなことをしたのですか？

そう問いたいのにうまくしゃべることができない。

だけど、シエルは平然と答えた。

「したくなったから」

「えっ……？」

困惑と混乱で動揺が抑えられない。

したくなったってどういうこと？　だって一緒にベッドで眠ってもそんな気配はまったくなかったじゃない。よりによって心の準備ができていないときに、不意打ちみたいにするなんて卑怯だ。

私の胸中が、羞恥からだんだん怒りに変わっていく。

「こ、こんなところでしなくてもいいじゃないですか！」

つい声を荒らげてしまった。

するとシエルは怪訝な表情になり、さらりと言った。

「仕方ないだろう。今したくなったんだ」

「そんな……私、初めてだったのに、こんな床の上でなんて……」

「わかった。じゃあ、そこに移動してやり直すか」

シエルはソファを指さして淡々と言った。

それがさらに私を苛立たせる。

「そういう問題じゃないんです！」

「何を怒っているんだ？」

そう言って首を傾《かし》げるシエルにはまったく悪びれた様子もない。怒りを通り越して呆れてしまった。

「本気で言ってますか？　まさか、今までの妃にもこんなふうに？」

「していない」

「えっ……？」

意趣返しのつもりの質問にあっさりと返されて目を瞠《みは》る。

シエルは当たり前だと言うように私を見つめて言った。

「誰ともしていない。そもそも俺は誰とも夜伽《よとぎ》をしていないと言っただろう」

「だけど、キスくらいは……」

言っていて恥ずかしくなり、しどろもどろになってきた。

シエルは真顔で言い放つ。

「妃の中ではお前が初めてだ」

「嘘……」

動揺しすぎて鼓動が今までにないくらいどくどくと鳴り響く。それも頭が痛くなるほどに。

「これくらい、たいしたことじゃないだろ？」

シエルは不貞腐れた顔で私の手を引き、起こしてくれた。

私は彼の顔を見ないようにして、ドレスの裾を整える。

——夜伽《よとぎ》はまだとは言っていたけど、第一妃のオパールとキスすらしていないなんて、女性に興味がないのかしら？　いやいや、それならなぜ私にはしたの？

でも、その疑問を口にするのは少したためらわれた。

私がじっと見つめていると、その視線に気づいたシエルが眉根を寄せて言った。

「不満ならいつでもやり直してやる」

「えっ……」

「なんなら夜伽《よとぎ》をしてもいいぞ」

シエルの思わぬ言動に、顔が燃えるほど熱くなる。

「そ、そんな、仕方ないからやってもいいみたいな言い方」

「俺は、お前だからいいと思った」

シエルはやけに真面目な顔でそんなことを言う。どくんっと鼓動が鳴った。

一体何が起こっているのだろう？

頭が混乱してうまく言葉が出てこない。

私だからいいなんて、どういう意味で言っているの？

そう訊きたくても、うまく口が動かない。立ちすくんでいると、シエルは何もなかったみたいに平然と私を見つめた。

「……そろそろ戻るか。練習に付き合ってくれたことに礼を言う」

私はなんとか動揺を抑え、平静を装って返す。

「お役に立てて、嬉しく思います」

堅苦しい挨拶をするみたいに、声が強張った。シエルはそれ以上何も言わずにくるりと背中を向けると、「じゃあな」と短く言って部屋を出ていった。

彼が出ていってからも私はしばらく呆然としていたけれど、急に体の力が抜けて床にへたり込んでしまった。

無意識に指先で唇に触れる。そこにまだキスの感触が残っているような気がして頬が熱くなった。

「何なのあれは？」

油断していた。

一晩過ごして何もなかったから、これからも何もないと思っていた。

そうだ。彼は王なのだから、たとえ妃を愛していなくても夜伽《よとぎ》くらいできるのだ。

だけど、どうして私なんだろう？

出会ってすぐにあれほど公《おおやけ》の場で拒絶してみせたのに。

王の寵愛などいらないと、私はひっそりと静かに暮らしたいと、そう願ってきたのに。

私とならしてもいいなんて、そんなふうに言われることを少しだけ嬉しく思う自分がいる。

そんな自分にも理解できない。

だけどこれだけは言える。

――愛などなくても跡継《あとつ》ぎを作ることはできる。だから、これ以上気にしても仕方ないのだ。

頭ではわかっているのに、割り切れない。シエルの顔を思い浮かべるたびに私の鼓動は忙しくなり、彼の声を思い出すと胸がぎゅっと締めつけられる。

「キスの効果ってすごいわ」

私はこの意味不明な感情に振り回されながら、しばらくシエルのことで頭がいっぱいになるのだった。

第四章

どうしよう。落ち着かないわ。

こんなこと、今までになかった。

朝起きてから夜眠るまでずーっとシエルのことばかり考えているなんて！

「あああっ、私ったらどうしてしまったの？」

あのキスの事件があってから数日。ミントとお茶でも飲みながらおしゃべりすれば一時でも忘れられると思ったのに、何かのきっかけですぐにシエルのことを思い浮かべてしまう。たとえば昼食のときにサンドイッチが出たときや、ミントとチェスをしているとき、雑記帳にシエルのことを記しているとき……

無理。感情がない交《ま》ぜになって苦しい。

「アクア様、大丈夫ですか？」

不安そうに声をかけてくれるミントに、この気持ちをどう説明すればいいかわからない。

まず、なぜこんなことになっているのか説明するところから始めるとすれば、シエルとキスをしたことから話さなければならない。

そんなことを考えていると、またシエルの顔を思い出してしまった。急に頬が熱くなって思いきり顔を背ける。

ミントは不思議そうに私の顔を覗き込んだ。

「アクア様、どうかされました？　ここ数日、食事も残されるようになったし、どこか具合でも悪いのですか？」

「いいえ、大丈夫よ」

食事を残してしまうのは、なぜか胸が詰まって食べ物が喉を通らないからなのよ。

「医者に診ていただきますか？」

「病気じゃないと思うの」

「え？　まさか……ご懐妊？」

「その予想も違うわ」

だいたい、シエルとは何もなかったんだから。

何も……

「ああ……！」

再びキスを思い出し、頭を抱えて苦悩した。

この落ち着かない感情はどうやったら消えるの？　今までの人生でこんな経験はないからどう対

処すればいいのかわからない。

暴れ出しそうになる体を抑えていると、ミントが全く減っていないお皿の上のクッキーを見つめて、ふむ、と呟いた。

「困りましたね。もうすぐ舞踏会があるのに。痩せてしまわれたらドレスが合わなくなります」

「舞踏会？」

ハッとして、ミントを見上げる。

「はい、王宮主催のパーティーですよ」

ああ、そうだ。そのパーティーがあるからシエルに頼まれてダンスの練習相手になったのだ。

そのせいで、あんなことに！

「どうにかパーティーを欠席することはできないかしら？」

「また、そのようなことを……他の妃様に何を言われても堂々としていればいいのです」

「え、ええ……」

違うのよ。そうじゃないのよ。もう他の妃のことなんて気にしていられないの。

私が一番会いたくないのはシエルなのよ！

あんなことがあって、どうやって顔を合わせればいいの？

しかしそれを相談するためには、あの日のことを説明しなくてはいけない。堂々巡りだ。

「本当に熱はないのですか？　顔が真っ赤ですよ」

椅子の上でじたばたとしている私の額に、ミントが手を当てて首を傾《かし》げる。

「少し熱い気もしますけど」

「気のせいよ。本当に体調は悪くないの。ちょっと悩みがあるくらいだから」

「なら、私に話してください。きっとすっきりしますよ」

にこやかにそんなことを言ってくれるミントにうっかり口走ってしまいそうになり、思いとどまる。

必死に取り繕おうとした結果、口から出たのはこんな言葉だった。

「……そうね。シエル様とダンスをしなければならないのかと思うと気が滅入ってしまって……」

「アクア様はダンスが苦手ですか？」

「いいえ」

それどころか得意だ。シエルに教えられるぐらいには。

私の即答を聞いて笑いながら、ミントはぬるくなってしまったお茶を取り換えてくれる。

「でも、あまり気にされなくても大丈夫ですよ。王様と踊れるのは第一妃ともうひとり。きっとルビー様が選ばれますから。アクア様は気軽にパーティーを楽しんでいればいいと思います」

「あ……そうなの？」

思いがけない情報に顔を上げる。

シエルと接近することがなければ、なんとか乗り切れるかもしれない。

「少しは気持ちが落ち着きましたか？」

「ええ、とても安心したわ。ありがとう」

「それはよかったです。パーティーでは思いきり着飾りましょうね。新調したドレスもお披露目できますし、この際楽しみましょう」

「そうね」

正直、まだ落ち着かないけれど、ほんの少し心構えはできたわ。

ミントに注いでもらった紅茶をひと口含んで、私はほっと息を吐き出した。

◇

そしてパーティー当日。

この日のために妃たちは入念に肌の手入れをし、髪を綺麗に梳《と》かし、きらびやかなドレスと宝石でいつも以上に美しく着飾るという。

王宮のパーティーは、唯一シエルと並ぶことができるイベントだから、侍女たちにも気合いが入っている。

私はシルバーの宝石がちりばめられたサファイヤブルーのドレスを着た。動くと宝石がキラキラ光って綺麗だけど目立つ気がする。

「少し派手な気がするけど？」

「これくらいがちょうどいいです。むしろ、もっと華やかでもいいくらいですよ」

「あまり目立ちたくないのよ」

「大丈夫です。他の妃様はもっと派手ですよ、きっと」

ミントがそう言うなら、これでも落ち着いているほうなのだろう。

ルビーやアンバーはきっとすごく華やかな衣装を選ぶだろうし、オパールにいたっては何を着てもまばゆいオーラを放っていることだろう。

頭の中できらびやかなドレスを思い浮かべて、少し落ち着く。それから深呼吸をして、私はミントの開けてくれるドアをくぐった。

「とりあえず、今日のパーティーを無事に終えたらしばらくは静かに暮らすわよ」

「今夜は疲れを癒すハーブティーをご用意して待ってますね」

ミントに元気づけられて、私は王宮へ向かう。

通りがかったのは初めてシエルと出会ったとき以来の場所だ。王宮庭園には多くの貴族が訪れて、花を観賞しながら談笑している。それを見て、私はどきりとした。

実は、このパーティーの懸念点はシエルだけではない。当然ながら妃の家族も招待されている。つまり、私は父と継母と再会することになるのだ。

——二度と会いたくない人たちだけど、こればかりは仕方がないわ。

まあ、父と継母のことを考えていると、少しはシエルのことを思い出さなくて済む。そこだけは感謝しようと思って、私は他の妃たちとダンスホールへと続く扉の前に立った。

そこでは既にドレスを着た貴婦人や令嬢など、招待された貴族たちがおしゃべりに花を咲かせていた。前に並んだ四人——オパール、ガーネット、ルビー、アンバーに続いて入場すると、周囲から歓声が上がった。

「ルビー様は妖艶で美しい」

「さすがは【赤薔薇の妃《クリムゾン》】だ」

ルビーは名を呼ばれても反応せず、ただ静かに佇んでいる。

その代わりにアンバーが笑顔で手を振っていた。

ちなみに、アンバーの茶会を欠席していたガーネットはこのパーティーには顔を出していた。けれど、少し不機嫌だ。それは周囲の反応によるものだろう。

「ガーネット妃は子供らしく可愛らしい」

この言葉を聞いてガーネットは不貞腐れているようだ。

そしてもちろん、もっとも周囲の視線を集めたのはオパールだった。

「オパール様だ！」

「【白金の妃《プラチナ》】様、なんとお美しい！」

「やはりオパール妃は最高だ」

反応が突出していてわかりやすい。オパールは人気というより誰もが崇拝しているように見える。

妃たちは平然とした顔をしているけど、内心はどう思っているかなんて誰にもわからない。

最後に、招待客たちの視線が私に向き――

「は？　誰だ？　あの妃」

「見たことないわね」

「痩せすぎじゃない？　ちょっと見劣りするわねえ」

ざわめきが起きているのを肌で感じる。この妃たちの中で唯一、私がパーティー初参加で、誰にも知られていない。それに、父も継母も私を目立たせたくはなかったようで、ほとんど社交の場には参加していないのだ。

さらに大人気のオパール妃のあとだから、余計に私が貧相に見えることだろう。

けれど、それでいい。

私が見下されることで他の妃たちは気分がよくなるだろうし、周囲も私に関心を向けないだろう。これでシエルと接触することもなく、妃たちに嫌がらせを受けることもなく、静かにパーティーを終えることができるはずだ。

ひとまず、うまくいった……と思ったのに。

「皆様ご覧ください！　あの妃はうちのアクアですよ」

会場全体に聞こえるくらいの声量で叫んだのは、私の父だった。

「わたくしたちの自慢の娘ですわ！」

しかも、それだけじゃない。継母までもが一緒になって周囲にアピールしている。

下品にがなり立てる声を聞いて、先ほどまで私に無関心だった人たちが一斉に注目した。

「クオーツ家の娘だそうだ」

「まあ、あの子が？」

「なぜ妃に選ばれたのかしら？　はっきり言って何のオーラもないわ」

最悪……


静かに息をひそめて過ごすはずだったのに、父と継母のせいで悪目立ちしている。

赤い絨毯の敷かれた大階段の下で、妃が全員並ぶ。

私がそこへ加わると、アンバーがふっと笑って言った。

「品のないご両親だわね。あなたの育ちが知れるわ」

もうなんとでも言ってくれという気持ちだ。

父と継母の行動は、さすがに私も恥ずかしくて反論の余地がない。

無言で嫌味をいなし、せめてしとやかに見えるように視線を下に向ける。

さて、妃が全員揃ったところで、国王シエルの登場である。周囲の大歓声の中で、彼は私たちの背後の階段を降りてくる。もうそれだけで緊張して震えた。こんな大勢の前で立つよりもはるかに、シエルが近づいてくるほうがドキドキする。

シエルはその後全員の前で挨拶をしたが、その内容はまったく耳に入ってこなかった。

やがて緩やかな音楽の演奏とともに、人々は手を取り合い始める。

シエルは当然ながら第一妃のオパールの手を取った。

他の妃はふたりに道を譲り、見守っている。私もシエルとオパールの背中を見送った。

今日のシエルはグレーの衣装に金の装飾品を身につけている。落ち着きのある色だが華やかだ。

ラフなシャツ姿ばかり見ていたから、久しぶりに見る正装姿にうっかり見惚《みと》れてしまった。

シエルの容姿が完璧なのは以前からわかっていることだけど、あんなことがあったせいで、余計に彼がまぶしく見える。

勝手に鼓動が高鳴り、手が震えて、胸の奥が焦げつくように熱い。

それだけじゃない。私に別の感情が生まれている。

オパールがシエルと手を握り、ダンスを踊る。その様子を見ていると無性にそわそわするのだ。

シエルとオパールの息がぴったりなダンスを眺めていると、なぜそこにいるのが私ではないのか、なんて思いにかられてしまう。

だって、シエルとダンスの練習をしたのは私なのに。

ついこのあいだは、私がオパールの場所にいたのに。

シエルの手を握って、彼の一番近い場所にいて、彼の笑顔を独占して、キスまでしたのに。

そこまで考えてハッとする。

——私は何を考えているのだろう？

こんな気持ちを露《あら》わにしたら身の程知らずと罵られてしまいそうだ。

「さすが第一妃だ」

「国王陛下と【白金《プラチナ》の妃】は実にお似合いだな」

「もうすぐ正妃になられるのだろう」

周囲の言葉を耳にして、ずきりと胸が痛んだ。

オパールが正妃になる。そんなこと当たり前だし、以前からわかっていることなのに。

いやだわ。私、どうしてこんなに狼狽《うろた》えているの？

オパールに対してもやもやした気持ちになっている。

ひどく胸が苦しい。

となりを見ると、ルビーとガーネット、アンバーが一心にふたりのダンスを見つめていた。今は少しだけ他の妃たちの気持ちがわかる。みんなシエルと踊りたいはずだ。そのために今日頑張って着飾っている。シエルに選ばれるために。

おかしいわ。私はひっそりと目立たないように今日一日を過ごすはずだったのに、今は無性にシエルに近づきたいと思っている。

だけど、本当に近づいてしまったら、きっと私は冷静でいられなくなるから――

そんなときだ。

「アクア」

声をかけられて振り向くと、そこには白銀の正装姿をしたノゼアンがいた。彼も王族だから、大階段から降りて来たらしい。その姿は、まるで子供の頃に絵本で見た白馬の王子そのもので、目を瞠《みは》った。

「ノゼアン、いつもと違うからびっくりしちゃった」

「アクアも、今日はすごく綺麗だよ」

「ありがとう」

ノゼアンの笑顔が私の心を救ってくれた。

どす黒い悶々とした感情が、じわじわと薄れていく。

よかった。ノゼアンが話しかけてくれて。

あのままだと私は自分がどうにかなってしまいそうだった。

「ねえ、よかったら僕と踊ってくれない？」

思わぬ申し出を快く引き受ける。

「ええ。でも、私でいいのかしら？」

「アクアと踊りたいと思ったんだ」

「ありがとう」

私はノゼアンから差し出された手を取る。私たちが手を取り合って出ていくと、ちょうどシエルはオパールとのダンスを終えたところだった。

次はきっとルビーが選ばれるだろうから、私はノゼアンとのダンスに集中しよう。

そう思ったのに……

「アクア！」

名前を呼ばれて、心臓が止まりそうになった。

振り向くと、そこにはこちらにまっすぐ目を向けるシエルの姿がある。

周囲がざわついている。当たり前だけど、私も動揺して頭が混乱している。

どうして、今、私の名前を呼んだの？

体が固まって動かないでいると、ノゼアンが私の肩にぽんっと手を載せた。

「アクア、行って」

「え？　でも……」

「国王陛下が君をご指名だ」

ノゼアンはわざわざ言葉を強調して言った。

少し戸惑ったけど、私は小さく頷いて、くるりとノゼアンに背を向けた。

視線の先にはシエルの姿。胸の鼓動が激しく鳴り、緊張のあまり震えが止まらない。

だけど、私の気持ちはシエルに向いている。

彼に近づきたい。彼に触れたい。彼と言葉を交わしたい。

周囲の声が耳に届く。私に関することばかりだけど、その内容はあまり頭に入ってこなかった。

シエルは私に向かって手を伸ばす。私がその手を取ると、周囲がわあっと歓声を上げた。

これが、とんでもないことだと私自身もわかっている。

王宮の舞踏会のダンスの相手に、一番下っ端の妃である私が選ばれてしまったのだから。

「あの妃は誰だ？」

「ほら、クオーツ伯爵家の娘よ」

「なぜ陛下はあの妃を選ばれたのだ？」

周囲がざわめく中、ひときわ大きな声を上げたのは父と継母だった。

「うちのアクアだ。みなさん、うちの自慢の娘が陛下のお相手に選ばれましたぞ！」

「我がクオーツ家の誇りですわ！」

——恥ずかしい。本当にやめてほしい。

選ばれないと思っていたから無視できていたけど、今となっては追い返すべきだったという思いに駆られる。

俯《うつむ》いていると、シエルが声をかけてきた。

「顔を上げて俺を見ろ」

見上げると、シエルの顔がいつも以上にまぶしく見えて、思わず震えた。

こんなにかっこいい人だったかしら？　シエルの凛々しい眉も鋭い瞳も、長いまつ毛も整った鼻筋も、艶《つや》やかな唇も、すべてが完璧で美しい。

本当に頭が変になってしまったみたいだ。

「どうした？　不安か？」

「いいえ。でも、あの……なぜ私が選ばれたのでしょうか？」

「お前が欲しかった」

どきりとして、同時に顔が熱くなった。

「それ、は……どういう意味で……？」

ドキドキしすぎて声が震えてしまう。

シエルは堂々と言い放つ。

「そのままの意味だ。俺は今、お前が欲しいと思った。だからお前を選んだ」

この人は正直者だ。あまりにも素直。そのことはよくわかっている。

だからこそ、偽りの言葉ではないのだと確信できる。

もう、いろんなことを考えるのはやめた。

私も今のこの状況を素直に受け入れようと思い、彼に笑顔を向けた。

「嬉しいです。ありがとうございます」

これは本心から出た言葉だ。今の私はきっと、少し抜けているのかもしれない。

だけど、シエルの前では素直になりたいと思うのだ。

シエルと私がダンスを始めると、会場内は一気に盛り上がった。

「オパール妃以外で、王の寵愛を受けた妃だ」

「彼女は【水宝玉《アクアマリン》の妃】という名を与えられているらしいわ。サファイヤの王室にぴったりの妃ね」

「陛下とよくお似合いだ」

練習のときよりも、シエルの動きはよくなっていた。

彼はまるで私の動きが完璧にわかっているように、ぴったり合わせている。いつもなら私が相手の動きに合わせるように調整して踊るのに、シエルを相手にその必要はなかった。

たった一度しか練習していないのに、まるで長く一緒に踊ってきたように思える。

これほど楽しいダンスは初めてで、夢中になってしまった。

「そういえば、俺のいいところは増えたか？」

ステップを踏んでいる最中、唐突に、こっそりとそんなことを訊かれて驚いた。

雑記帳に記したシエルの記述のことだろう。

「むしろ、いいところしか書いていませんよ」

私がふふっと笑って答えると、シエルは穏やかな表情になった。

「俺のいいところとは？」

「今それを言うのですか？」

ちょうど密着するほど近くに寄ったところで、シエルは少し頭を下げて私の耳もとでささやくように言った。

「ああ、今知りたい。お前の口から、お前の声で」

どきりとしてわずかに肩が震えた。

シエルは再び姿勢を正し、私をまっすぐ見据える。その表情は、まぶしいほどの笑顔だ。

「素直で、誠実で、笑顔が素敵で、それから……」

何を書いたのか思い出しながら、言葉を連ねていく。

何を正直に語っているのだろう、私は。だんだん恥ずかしくなってきた。見上げると、シエルは意地悪な笑みを浮かべたまま先を促してくる。

「それから？」

羞恥で顔が燃えるほど熱くなりながらも、私はやっとのことで震え声を出した。

「……ダンスが、お上手です」

そう言うと、シエルは快活な笑みを浮かべた。それから、体をくるりと回転させ、私の手をぐいっと引く。前回はここで体勢を崩して転んでしまった。

だけど、シエルはしっかり私の腰に手をまわして、私を抱き寄せた。

そして彼はそのまま静止して、私をじっと見下ろした。

「え？　シエル様……？」

こんな振り付けはないはずだ。

まだ音楽は流れているのに、足を止めるなんて。

周囲もざわついている。

しかし、そんな中でシエルは私の耳もとに顔を寄せると、こそっとささやいた。

「――アクア、綺麗だ」

いきなり彼から放たれた言葉に私は目を見開いて、硬直した。

音楽がだんだんと薄れていき、周囲の人たちもダンスを終える。

シエルは私の手を放し、ゆっくりと視線をそらしながら、この場から立ち去った。

「素晴らしいダンスでしたわ」

「アクアオーラ妃か。覚えておこう」

しばらく呆然と立ち尽くしていた私は、周囲の拍手と歓声で我に返った。

おおむね好印象だったらしい。

だけど、ガーネットとアンバーからは怒りの形相で睨《にら》まれていた。

ふたりの顔を見てようやく気づく。

私はとんでもないことを仕出かしてしまったんだわ。

いくら国王のご指名とはいえ、他の妃たちがいい顔をするわけがない。

そういえば、ルビーはもう会場にいないようだった。出ていってしまったのかもしれない。

――ああ、平穏な日々にさようなら。

私は目立たずひっそり暮らす目標に別れを告げた。


「アクア様の存在価値が格段に上がりましたね」

数日後、ミントがそんなことを言った。

「正妃になられる可能性も高まりましたよ」

やけに楽しげに話すミントに対し、私は鬱々とした気分だった。

なぜなら抗議の手紙が山ほど届いているからだ。その多くは他の妃の家門とその一族、または私を認めたくない貴族たちの抗議文だ。中には出ていけとか妃をやめろとか、そういったものまである。

「ここまで嫌われているなんてね」

「仕方ないです。他の妃が選ばれても似たような抗議文は届きます。それよりも、アクア様を認めてくださる方々のお手紙を拝読しましょう」

ミントが見せてくれたのは、圧倒的に少ない私を支持してくれる者たちからの手紙だ。

励ましの言葉や、今後は私を支持すると書かれたものがある。

「そうね。ありがたいわ」

とはいえ、応援の手紙だって信用できたものではない。今まで私に冷たい目を向けていたクリスタル宮の侍女たちが、舞踏会でシエルに選ばれたというだけでころりと態度を変えたのだ。

今となっては誰もが私に笑顔を向けている。あまりにもわかりやすくて、少し呆れてしまったくらいだ。

カイヤは、あまり態度が変わらないけど、頻繁に私の部屋を訪れるようになった。

「アクア妃にはきちんと妃教育を受けていただきます」

彼女はそう言って正妃になるための書物を大量に運んできた。

そのせいで、私の部屋は瞬く間に書物で埋まってしまった。

「あなたのお好きな読書がたくさんできますよ。よかったですね？」

カイヤはそう言って口角を上げた。これは最大の嫌味だわ。だけど、まあ、たしかに退屈はしなさそう。ありがたく本を読み続けていると、教育係なる人物が数人派遣された。全員やる気に満ちていたが、私がすんなり内容を記憶していくとなぜか悔しがった。褒《ほ》めてくれる人はひとりもおらず、どうにかして私の欠点を見つけたいと粗探しをすることばかりしている。

やがて、彼女たちは私の部屋へ来なくなった。

「一体何だったのかしら？」

「アクア様を教育して優越感に浸りたいだけだったのかもしれません」

「つまりバカにされていたのね。私が令嬢教育を受けていないから」

「今後このようなことがないようにと、ノゼアン様がカイヤ様に申しつけられたそうです」

どうやら、貴族たちの私への反発はまだまだ強いようだった。

「……散歩でもしようかしら」

ため息をついて、山と積まれた書籍と手紙から目を背ける。ミントは「いいですね！」と言って、散歩用の簡易なドレスを用意してくれた。


よく晴れた空の下で、久しぶりに庭園を散歩する。

このところは手紙の対応と教育に追われてずっと部屋にこもっていたので、太陽がまぶしくて暖かい。

やっぱり人間は光を浴びなきゃ頭がすっきりしないわね。

「あ、アクア様」

ミントに呼びかけられて、私は足を止める。

視線を前に戻すと、私の前方にはガーネットとその侍女たちが待ち構えるようにして立っていた。

……ガーネットも散歩中だったのね。ごきげんよう。

などと気楽な挨拶ができるような雰囲気ではないと、すぐに悟った。

どう挨拶をしようか、と迷っているうちにガーネットが口を開く。

「あなたは王の寵愛を受けていないながら、ノーズライト殿下とも親しくしているそうね？」

蔑むような目でこちらを見るガーネットに、私は正直に答えた。

「ノーズライト殿下とは、私がここへ来る前から友人としての付き合いがあります。それ以上の関

「係ではありません」

「だとしても、妃になったのだから立場をわきまえるべきだわ。あたしは王族の血筋だけど、殿下とは距離を置いているのよ。王以外の殿方と接触するなんて妃として失格だわ」

「それほど頻繁に会うことはありません。侍女長のカイヤから許可を得ていますし、何の問題もないかと思います」

ごく当たり前の事実を告げたつもりだが、ガーネットは納得しないようだった。

それどころか彼女は感情的に怒りをぶつけてきたのだ。

「どうしてあなただけが注目されるのよ！　あたしは第二妃なのよ！　ルビーならまだしも、どうしてあなたみたいな平民風情が、陛下にも殿下にも声をかけてもらえるの？　こんなのおかしいわ！」

ガーネットは怒りのあまりか涙ぐんでいる。

その表情は、貴族令嬢のものというよりはただの少女のようだった。彼女は小さな手を握りしめて、足を踏み鳴らしている。

「あたしなんて、声をかけてもらえるために、どんなに努力してきたか。だけどシエル様はまったく見向きしてくれない。あたしが子供だから!?」

ガーネットはついに泣き出した。

そばにいる侍女はおろおろしている。

「あた、しは……一族の、ために……友だちと、遊んだことも、ないのに……」

そんなふうに泣きじゃくるガーネットを見て、反発心よりも胸が痛んだ。

私がガーネットの年齢のときはこれほどの重圧を背負うことはなかった。家にいたくないから学校行事に励んだり、町へ出かけたり、好きな本をたくさん読んだりして過ごしていた。

家族は冷たかったが、その代わりに何も背負うものがなかった。

今だって妃になったけど、クオーツ家や一族の命運を背負う気など毛頭ない。

けれど、ガーネットは王族家系の公爵家を背負っている。

必死に妃教育を受けて第二妃の立場を維持しているのだろう。あとから出てきた何の努力もせずに王の寵愛を受けたように見える私に腹が立つのも無理はない。

ガーネットはしゃくり上げながら胸の内を吐露した。

「シエル、様も……ひどいわよぉ……あたし、が……どれだけ、頑張っても……頭を撫でるだけ、なんて……」

それを聞いて複雑な気持ちになった。同時にシエルがガーネットの頭をなでなでしている様子が思い浮かんでちょっと微笑ましくなった。

彼は本当にガーネットを子供だと思っているんだわ。

だけど、頭を撫でているなら、きっと頑張っている彼女のこと自体は認めているのだろう。

「アクア様、大丈夫ですか？」

ミントが気遣って、こっそりと後ろから声をかけてくれた。私は小さく首を縦に振った。

「大丈夫よ。これくらいの八つ当たりはどうってことないわ」

これでガーネットの気が済むのなら、少しくらい的になってもいい。

そう思って、私はガーネットに視線を向けた。

それからしばらくのあいだ、ガーネットはさらにいろんな不満を私にぶつけた。

下っ端なのに堂々としすぎだとか、そんなに痩せててずるいとか。……そう言われても、実家でろくに食事をしていなかったせいで不健康な痩せ方なのだけど。

必死に私の粗探しをするガーネットを見ていたら、なんだか微笑ましくなってきた。

「とにかく、あなたのすべてに腹が立つのよ！」

「そうですか。では、なるべくガーネット様の視界に入らないようにしますね」

「な、何よ。少しは言い返してきなさいよ。張り合いがないわね！」

私の言葉に目を見開いたガーネットは、もう泣いていなかった。元気になったようでよかった。

握りしめすぎてしわになっているドレスを見つつ、私はにっこりと笑う。

「じゃあ、次のお茶会ではいっぱいおしゃべりしましょうね」

ガーネットは悔しそうに唇を噛んだ。

「あなたとおしゃべりなんてしないんだからね！」

もはや、可愛いとしか思えない。素直じゃないけどわかりやすくていい。こんな立場同士でなかったら、本当の妹のように思えたかもしれない――

そんなふうに思っていると、ガーネットの斜め後方にある茂みで何かが光った。まぶしさに目を眇《すが》める。

太陽の光が何かに反射したのかしら？

ガーネットから、茂みへと視線を移す。その瞬間、そこからひゅっと何かが飛び出してきた。

「危ない！」

とっさに、私はガーネットの体を抱えて横に飛んだ。

左の二の腕に強烈な衝撃が走る。鋭い痛みにぐっと奥歯を噛んだ。見ると、刃物に斬られたような傷が左腕に走っている。

「アクア様！」

「きゃあああああっ」

ミントと侍女たちが騒ぎ出した。ガーネットは驚愕の表情で固まって、私をじっと見つめている。

子供に血なんて見せるものではない。私は彼女を放すと、慌てて右手で左腕を押さえて、彼女に微笑みかけた。

「よかった。怪我はないようですね」

「あ、あぁ……」

ガーネットはひどく震えているようだ。こんなものを見せてしまって申し訳ない。

左腕の痛みも強くなってきた。腕をかすめただけだと思ったけど、結構ひどい状態のようだ。

「アクア様、怪我を」

「うん。でも腕はつながっているから大丈夫」

ミントが動揺しているので、私は安心させるつもりで軽く言った。

「他の者が医者を呼びに行っていますから、もう少々お待ちを！」

ミントは自分の袖を破って、私の腕の止血を施《ほどこ》してくれた。一瞬鈍い痛みが腕に走るが、ガタガタ震えているガーネットをこれ以上動揺させたくない。私はできるだけ冷静な表情を作って呟いた。

「それにしても一体誰が……」

あきらかに妃を狙った攻撃だ。クリスタル宮の内部でこんなことが起こるなんて思いもしなかった。

護衛もいるこの城でこんなことができるのは、使用人に扮した者に違いない。

私を狙ったのかしら。あれほどの抗議文が届いたことを考えれば納得がいくけど、当たり所が悪ければ死ぬような攻撃だ。まさかそこまでするとは思えないけれど……

「ガーネット、あなたは大丈夫？」

「ひっ……う、あっ……」

ガーネットは目を見開いたまま、答えてくれない。それどころか私と視線すら合っていない。

どうやら過呼吸を起こしているらしい。

「しっかりして！　ゆっくり呼吸をするの」

慌ててしゃがみ込み、彼女の肩に触れる。ガーネットは涙を流しながら顔面蒼白で白目を剥いていた。荒い息がどんどんと短い呼吸になっていく。私は彼女に触れて必死に叫んだ。

「だめよ！　深呼吸をして！」

「う、っ……ふっ……」

私の言葉はどうにか届いたらしい。ガーネットは嗚咽《おえつ》を洩《も》らしながらなんとか呼吸をしようとする。

「そうよ。ゆっくり吸って、ゆっくり吐くの」

ガーネットは私にしがみついて、必死の形相で呼吸をする。だんだんと呼吸のスパンが長くなっていくのを感じて、ほっとする。背中を撫でているとガーネットが次第にこちらに重みを預けてくれる。少し落ち着いてきたところで、彼女は声を上げて泣き始めた。

「うわあああんっ！」

「怖かったわね」

私はガーネットを抱きしめて頭を撫でた。

「大丈夫よ。衛兵が駆けつけてくれたから」

騒然とする周囲の声を聞きながら、私はゆっくりと空を仰ぐ。ほっとしたら、なんだか力が抜けてしまった。綺麗な青空がやけに歪んで見えると思ったら、一瞬で真っ白な世界になる。

そのあとの記憶は、ない。


目が覚めたのは翌日だった。

やたら暑苦しい夢を見ていたと思ったら、どうやら発熱していたらしい。

「アクア様、気がつかれましたか？」

「……ミント？」

「よかった。熱は下がってきたようです。薬が効いたんですね」

「あれ？　私はどうしたんだっけ？　ガーネットは無事？」

ミントはタライの水に浸したタオルを絞って、私の額や頬に当ててくれた。

ひんやりして気持ちいい。

「ガーネット様は大丈夫ですよ。アクア様はそれを見届けてから倒れられたんです。怪我が原因で昨晩は高熱がありましたけど、どうにか落ち着いたのでほっとしました」

「そうなの？　ごめんね」

左腕は薬が効いているのかあまり痛みはない。ミントは呆れたような、私を褒《ほ》めるような微妙な表情で、タライの上でタオルを絞った。

「アクア様はとっさにガーネット様をかばったんですよ。なかなかできることじゃありません」

私を襲ったのは矢じりが鋭く尖った、小さな矢だったらしい。何者かによって放たれたものだ。

「たまたま見えただけよ。あとはもう勝手に体が動いた感じ」

だけど、少し遅れたら左胸に刺さっていたかもしれない。そうなれば即死だっただろう。

今さらだけど、ぞっとする。

私は一番気になっていたことを、ミントに訊ねた。

「ねえ、犯人は誰だったの？」

ミントは少し間を置いてから、笑顔で答えた。

「妃に嫉妬する下女の仕業でした。投獄されたのでもう大丈夫です」

今、ミントは何かを隠した。

そう直感した。けれど、専属侍女が自分の仕える妃に言わないということは、妃以上の立場の人間――つまりは王から口止めされているということだ。

「そう。それならよかったわ」

シエルならば、間違ったことはしないはず。

だから、私は笑顔で返事をしておいた。

それから数日はまた部屋にこもる生活が続いた。

それどころかなかなか体調が回復せず、私は一日のほとんどをベッドの上で過ごした。

薬が切れると怪我の痛みに悶絶し、痛みが引くと本を読んで過ごす。だけど、どうにも内容が頭に入ってこなくて、ずっとぼんやりしていた。

「アクア様、今日もお食事は無理ですか？」

今日にいたっては料理をほとんど残してしまい、ミントに不安げな表情で訊《たず》ねられてしまう。

私は苦笑しつつ、フォークをお皿の横に置いた。

「最近、味が感じられなくなったのよ」

料理を口に入れると、まるで砂を噛んでいるようなのだ。

これが怪我の影響なのかどうかはわからない。医師はショックで食事を受けつけないのだろうと言っていたが、ミントは納得できなかったようだ。

すぐに別の医師を手配するようにカイヤに訴えてくれた。

そうして、カイヤに命じられて派遣された医師は毒に詳しい女医だった。

「以前にもこのようなことがありましたので」とカイヤは言った。

私が受けた矢の先端に毒が含まれていたことを疑ったようだ。

診断の結果、私は毒に侵されていた。

だけど、女医は思わぬことを告げた。

「これは突発的なものではありません。以前から少しずつこの毒を体内に摂取していた可能性があります」

その言葉に私もミントも絶句した。

しんと不気味な静寂が訪れる。ミントが震え声を出した。

「以前からって、一体いつからでしょうか?」

「推測にしかなりませんが、三カ月ほどは経っているかと」

三カ月! あまりに前のことで、私は絶句した。それは王宮パーティーよりも前、いや、シエルが妃たちに会いに来るよりも前だ。ちょうどルビー主催のパーティーがあった頃……

そのときから私は誰かに毒を盛られていたというの?

「アクア様、大丈夫ですか?」

くらりと眩暈《めまい》がして、座っていた椅子から倒れそうになったところをミントがすぐに支えてくれた。

「横になりましょう」

「ええ、そうするわ」

私がベッドに横たわると、女医は険しい顔つきでカイヤに告げた。

「この毒は、摂取したことが非常にわかりにくいのが特徴です。時間をかけてゆっくり体を蝕《むしば》んでいくのです。過去に間違った診断を下されて命を落とした者もいます」

カイヤの顔には怒りが滲み出ている。

「すぐに陛下にご報告いたします。あなたは絶対に部屋から出ないこと。いいですね?」

カイヤは私にそう命じて、急ぎ足で部屋を出ていった。

これで何度目だろうか。外出禁止令がカイヤから下されたのは。

とはいえ、どうせこの体では歩くこともままならない。ちょうどいいか、と思いながら私は枕とベッドに素直に体重を預けた。シーツの冷たさに少し癒される。そんな私のそばで「申し訳ありません」とミントが謝罪した。

「なぜ、あなたが謝るの?」

「今まで食事はすべて使用人が用意したものをお持ちしていたのです。そのため、毒見をしていませんでした」

「あなたがそんなことをする必要はないわよ。それに、遅効性の毒ならその場で判断できないし、これは仕方ないことなのよ」

「今後はすべて私が準備しますから」

「ええ、ありがとう」

不安そうなミントの顔を見るとなんだか涙が出そうになった。

思ったよりショックが大きい。ある程度、覚悟はしていたけれど、王宮がここまで恐ろしい場所だとは思わなかった。

妃同士、お互いに争うことはあっても、殺し合いまでするなんて。

ううん。でも、妃がやったとは決まっていない。落ち着かなければならない。

そう冷静なふうに考えてみたけれど、布団の中で震えが止まらなかった。

それから、正しい毒の名前が分かり、療養生活を始めて十日ほど経った頃、私は少しずつ味覚を取り戻していった。

スープの味が感じられるようになると感動して涙が出るほどだった。

私がすぐに涙ぐむので、それはそれでミントが心配した。涙脆《もろ》くなったのはきっと心身ともに疲弊しているからだと女医が言った。彼女は毎日私の体を診てくれている。

左腕の怪我の痛みも和《やわ》らいで、痛みを抑える薬はもう必要なくなった。

外で起こっていることはミントから聞いた。

「アクア様が毒を盛られたことは公《おおやけ》になっていません。シエル様が調査団を結成してひそかに犯人を捜しています」

とはいえ、クリスタル宮にいつもより多く男性が出入りしていることや、私の料理を侍女であるミントが厳しく確認していることで、下働きの者たちはさすがに異変に気づいているだろう。

そこで犯人と疑われたくないのか、ここ数日で何人か辞めたいと言い出している。厳しい取り調べを受けた上で身の潔白を証明された者だけが辞められるようだ。

他の妃たちもほとんど部屋にこもっていて、宮殿内は閑散としているそうだ。ルビーとアンバーは元気なようだが、オパールは体調を崩しているらしい。そこまで聞いて、名前の挙がらなかったあの子を思って、私は顔を上げた。

「ガーネットの様子はどうなの？」

「そのことですが、ガーネット様は妃の座を退《しりぞ》くとシエル様に申し出ました」

「え？」

「ずっと泣いていらっしゃると」

そうだったの、と呟く。泣きじゃくっていたガーネットの姿はまだ瞼《まぶた》の裏に焼きついている。あれほど危険な目に遭ったのだ。まだ十三歳、怖くてたまらないだろう。

まだ王宮にはいると聞いて、ミントに頼んで手紙を出してもらった。もしかしたら返事もないかと思っていたけれど、落ち着いたら私に会いたいと返事が来た。

いつでも会えると伝えたら、翌日、ガーネットは侍女を連れて私の部屋を訊《たず》ねてきた。

前よりも少し痩せているようだった。

顔がげっそりしているので、食事も睡眠もあまりとっていないのかもしれない。

私の顔を見るなり、彼女は泣きそうな顔で声を絞り出した。

「……助けてくれて、ありがとう。アクア」

いつもの見下すような言い方じゃなくて、私の名を呼ぶ声も弱々しい。

「お互いに無事でよかったわ」

笑顔でそう返すと、ガーネットは涙ぐんだ。その表情は前に見たときよりもさらに少女めいていて、私はゆっくりと言葉を続けた。

「この城を出ていくの？」

ガーネットは無言で頷く。

「そう。せっかく仲良くなれそうだったのに。一度くらいふたりでお茶会がしたかったわね」

あの日、喧嘩腰に私が言ったことだ。けれどガーネットは覚えていたのか急に泣き出した。

「あんなの……冗談に決まっ……」

私はぐすぐす泣きじゃくるガーネットに手を伸ばして、その頭を撫でた。

するとガーネットは不貞腐れた表情で私を睨《にら》むように見た。

「シエル様もアクアもどうしてあたしの頭を撫でるの！」

「だって可愛いんだもの」

「うるさいわよ。あたしはもうすぐ十四になるんだから。もう子供じゃないわ！」

「そうね。あなたは立派な妃だったわ。これからはもっと素敵な令嬢になって」

「言われなくてもなるわよ。妃の座をひとつ空けてあげるんだから、しっかりやりなさいよ」

「ええ、そうするわ」

ガーネットはツンッとした表情で、私にさよならも言わずに部屋を出ていった。その数日後には荷物をまとめて王宮を出ていった、とミントに聞いた。

クリスタル宮の妃が四人になった。このことは社交界に広がり、ロードライト公爵家は正妃の争いに敗れたと噂された。

だけど、事態はもっと深刻になっていた。

私に毒を盛っていたのがルビーの侍女であることが判明したのだ。

もちろん、その侍女は投獄され、処罰を受けることになったが、ルビーには謹慎が言い渡された。

ルビーが侍女に毒を盛ることを命じていたかどうかの証言が得られなかったからだ。しかし、それで疑いが晴れるわけもなく、ルビーは外部からの接触も禁じられ、軟禁状態となっている。

侍女は自分が仕える妃の立場を守るためにやったと言っていた。

「そういえば前に初めて図書館へ行ったときにアンバーの侍女も同じようなことをしていたわね」

そう言うと、ミントは私の水枕を変えながらツンと唇を尖らせた。

「侍女ならたしかに、妃様のために何でもします。だけど、他人を陥れたりするのは間違っています。あくまで妃様が輝けるようにお手伝いをするのが侍女の役目です」

ミントはそう言ってルビーとアンバーの侍女を非難している。

そうね、と答えると、ミントは当たり前です！　と言って頷いた。

◇

一カ月後、左腕の怪我はずいぶんよくなり、体調も整ってきた。

味覚は完全に戻って食事も美味しくいただけるようになった。少し前まであまり熟睡できなかったけど、今はきちんと眠ることができるようになっている。

「アクア様、顔色がよくなりましたね」

「ええ。あなたが献身的に看病してくれたおかげよ」

「侍女として当然です」

ミントはにっこり笑ってハーブティーを淹《い》れてくれた。

この一カ月のあいだ、いろいろなことが起こって情緒が不安定だったけど、心の隅にはずっとシエルがいた。そのことをミントに明かさなかったけど、私はずっと雑記帳に彼のことを記している。

その雑記帳は、いつの間にかシエルに対する思いでいっぱいになっていた。

ノゼアンが不調のときにはシエルが見舞いに来ていた。けれど、私を訪れてくれたのはガーネットだけだ。シエルの兄弟であるノゼアンと自分を比べるのはおこがましいことぐらいわかっている。でも、なんとなく彼は来てくれるような気がしていたのだ。

「会いたい」

私は夜に誰もいなくなると、ひとりでぼそりと呟いた。

そのたびに目頭が熱くなるので、私はきっとまだ体調が完全に回復していないのだろうと思った。

だって、おかしいじゃない？

シエルに会いたくて泣いてしまうなんて、ありえないわ。

そんなある日のことだった。

「アクア様、お客様ですよ。きっと驚かれると思います」

ミントが嬉しそうな顔でそう言ったので、私はどきりとした。急いで着替えをしてからソファに腰かける。まさかという思いでドキドキしていたら、現れたのはノゼアンだった。

「あ……ノゼアン」

気の抜けた声になってしまったので、ノゼアンが笑った。

「シエルじゃなくてごめんね」

「そんなことないわよ」

見透かされていたことに恥ずかしくなり、慌てて返す。

「久しぶりね。来てくれてありがとう」

「元気そうでよかった。これはお見舞い」

ノゼアンは私に大きな花束をくれた。季節の花が色とりどりに組み合わせられていて、彩りも美しい。肺一杯に息を吸い込むと、柔らかな花の香りが鼻腔をくすぐった。

「いい香り。ありがとう」

「ろくに外に出られないだろうからね。庭園に咲いている花を摘んでもらったんだよ」

ノゼアンはミントに目を向けて声をかける。

「悪いんだけど、この花を活けてきてもらえるかな？」

「はい、かしこまりました」

ミントが花束を抱いてそのまま部屋を出ていく。それを見送ってから、ノゼアンは他の使用人たちにも退室するように命じた。

私が目を瞠《みは》ると、ノゼアンはやけに強張った表情で私を見下ろした。

「ふたりきりで話したいんだ」

「ええ、いいわ。でも、そんなに深刻な話なの？」

私は彼とテーブルを挟んで向かい合い、ソファに腰を下ろした。

ノゼアンは真剣な表情で「アクア」と私の名を呼んだ。

私が「何？」と少し遠慮がちに声を出すと、彼ははっきりとした口調で言った。

「王宮で暮らさない？」

「えっ……」

思いもよらない提案に、私は固まってしまった。

しばらくの沈黙のあと、私はようやく声を絞り出す。

「それはどういうこと？　だって、王宮に入れるのは正妃だけだって……」

「うん。だから、君は正妃になるんだ」

さらに、わけがわからない。

頭がますます混乱してきた。

動揺しすぎて鼓動がどくどく鳴り響く。

とにかく落ち着こうと必死に自分に唱えながら、順番に疑問を口にした。

「オパール様はどうなるの？」

シエルがもっとも寵愛している彼女を差し置いて私が正妃になるなんて、道理が通らない。

しかし私の問いに、ノゼアンは穏やかな表情に戻って首を横に振った。

「オパールはそのままだよ。彼女は正妃にはならない」

「どうして？　一番正妃にふさわしいお方でしょ？」

私の言葉に、ノゼアンが少し黙る。

なんだか妙な感じがした。

次の瞬間、ノゼアンは私の目をまっすぐ見つめた。

「違う。実は、アクアこそが正妃になるためにここに来たんだよ」

私は彼の発言が理解できず、ただ眉をひそめた。

私の反応を待つ前に彼が続ける。

「最初から、君を正妃にするために、僕は君に近づいた」

どくんっと胸の鼓動が高鳴った。

彼が何を言っているのかわからない。最初からって、それなら初めて貴族のパーティーで出会ったあの日、ノゼアンはすでに私のことを知っていたの？

気が合うと思ったのは私の勘違いだったということ？

つまり、すべて彼の計画だったの？

「――初めて会ったときにおしゃべりをしていたのは、私との会話を楽しんでいたわけじゃなくて？」

そう口にすると、彼はさらりと返答した。

「そうだよ。君が正妃になる素質を持っているか確認するつもりだった」

鼓動がうるさい。さっきからどくどくと、小刻みに頭に響く。

訊きたくないけど、私はもうひとつの疑問を口にした。

「あの、他の妃たちは？」

「人質だよ」

ノゼアンがあまりにあっさり返答するので、絶句した。

彼はわざわざ立ち上がり、腕組みをしてゆっくり歩きながら話す。

「王族に中立の立場をとる、あるいは敵対しそうな家門を抑制するために、その家の令嬢をひとりずつ妃として迎えたんだ。自分の娘が王宮にいたら妙な動きはできないだろう？」

穏やかな表情のまま話されるあまりにも物騒な言葉の数々に放心しそうだ。なんとかノゼアンの言葉が聞こえている状態で、こくりと頷く。ノゼアンは出来のいい生徒を褒《ほ》めるような表情で私に微笑むと、言葉を続けた。

「でも、彼らは動き出した。シエルの寵愛を受けたアクアを暗殺しようとしたんだ」

「え？　妃に嫉妬する下女の仕業じゃなかったの？」

「妃と言っても、明確にアクアを狙ったものだ。何者かの指図でね」

ハッとして思い出す。あのときミントは一瞬言葉に詰まった。あれはこのことを隠していたんだわ。だけどそれなら、ガーネットは巻き添えを食らっただけだ。

「ガーネットはこのことが原因で城を出ていってしまったのに……」

「ああ、仕方がないね。でも、彼女の家門は害がないことがわかったから、解放してあげたよ」

『解放してあげた』――その言い方に胸が締めつけられる。

「あれは迂闊だったな。まさか暗殺者を城に入れてしまうとは。シエルは怒り心頭だったよ」

ノゼアンはそう言って、いったん間を置いてから否定の言葉を述べる。

「いや、違うね。君をパーティーで指名したことを悔やんでいた」

ノゼアンは窓際に立ち、私のチェス盤の駒を手に取った。

そして彼はひとつずつ、駒を一列に並べていく。私はその様子をただぼんやり見つめた。

頭がうまく働かなくて、何をどう返したらいいのかわからない。頭痛までしてきた。

訊きたいことはいろいろあるが、まず頭の中に妃たちのことが浮かんだ。みんな王の寵愛を欲している。だからこそ、茶会で喧嘩をしたり、妙なルールを忠実に守ったりしているのに。

すべて無駄だったなんて。

しかも、それでひっそり選ばれていたのが私ともなれば、彼女たちに無駄な努力をさせた片棒を私が担いでいたと言っても過言ではない。

「――妃たちはシエル様の寵愛を受けることはできないのね」

「シエルは彼女たちを女として見ていないからね」

あまりにあっさりしたノゼアンの言葉に、ずきりと胸が痛んだ。

「っ、ひどい話だわ。みんないつかはシエル様に振り向いてもらえると思って頑張っているのに、こんなの詐欺じゃないの」

一度は自分も、オパールとシエルをうらやましく見送ったからわかる。

けれど、私の声を聞くとノゼアンは少し大きな音を立ててチェス盤に駒を置き、私に冷たい目を向けた。今まで見たこともないほど鋭い目つきだ。そうしていると、冷たい顔をしているシエルにそっくりに見える。ノゼアンは険しい顔つきのまま、口を開いた。

「君は少し勘違いをしている。王の妃になるということは正妃として仕事をするか、あるいは側妃として子をもうけるか。それだけだよ。そこに恋愛感情などあってはならない」

あまりに冷たい口調にぞっとした。

わかっていたつもりだった。

貴族の令嬢は家同士の縁談によって結婚が決まる。本人の意思など無関係に。

「そんなこと、わかっているわ」

震える声をようやく絞り出した。

わかっているけど、少しは気持ちを向けてくれているのではないかと思ってしまった。

シエルの笑顔も、わずかに見せてくれる優しさも、ほんの少し漂わせた独占欲も、すべてが計画的なもので、私はただ踊らされていただけなのかもしれない。

じゃあ、あのキスは私の心を掴むためにわざと……？

目頭が熱くなり、涙がこぼれないように顔を上げた。

ノゼアンに気づかれないように、彼から顔を背けて。

少しの沈黙のあと、私は呼吸を落ち着かせて、彼に訊《たず》ねた。

「そこまでする理由は、シエル様を、王宮を守るためなのね？」

「そうだよ」

私の言葉を聞くと、ノゼアンはまた穏やかな表情に戻る。

すんなり返答したあと、そのことについて説明を始めた。

「先代王である僕の父はとある貴族の家門の人間に暗殺されそうになった。それがきっかけで父は病《やまい》に伏すはめになり、そのあいだにその貴族は他と結託して謀反を起こそうとした。それを制止したのがシエルだ」

私がまだ学生の頃、王宮がゴタゴタしているという噂は町にも広がっていた。

けれど、それ以上の情報は一切流れてこなかった。

そして、先代王が病死したのは去年。同時にシエルが王位に就いている。

「もちろん、その家門は一族すべてにいたるまで処刑された。禍根を残すわけにはいかないからね」

ノゼアンはポーンを指で弾いてころころと転がした。

彼があまりにも淡々と語るので、私は背筋が凍りつくような気分になった。

ノゼアンはゲームを始める位置に駒を置きながら、話し続ける。

「シエルが王に就いたあと、僕は関わった家門から人質として令嬢をひとりずつ側妃に置いた。こうしてシエル統治のシルバークリス王国が完成したわけだ」

並べられたチェスの駒を見て、ぼんやり頭に浮かんだのは、この国がチェス盤のように成り立っているということだ。シエルがキングで、周囲に彼を守るための妃たちと家臣がいて、多くの民がいる。

駒を動かしているのはノゼアンだ。

この王宮は……いや、この国は、ノゼアンの手によって支配されているのだ。

「ところが困ったことに、シエルはあんまり頭がよくないんだよね。幼い頃からずっと剣術しかやってこなくて、帝王学を学んでいないんだ。僕がいないとまともな政務ができない」

ノゼアンは適当に駒を動かしていく。

いや、もしかしたら彼にとっては計算されつくした動きなのかもしれない。

「だから、僕と同等かそれ以上の頭脳を持った妃を置けばいいと思った」

ノゼアンは、ちらりと私に目を向けて笑みを浮かべた。

「それが、私？」

「そうだよ」

ノゼアンはにっこり笑って明るく答えた。

急に手の震えが止まらなくなった。

そんなこと、私にできるはずがない。まともな妃教育も受けていないのに。

「優秀な侍従や宰相がいれば問題ないでしょう？」

「先代王は宰相に裏切られた。王宮では周囲の半分は敵だと思ったほうがいい」

どきりとして思わずぎゅっとドレスの裾を掴んだ。

動揺を抑えることができなくて、呼吸が浅くなる。

落ち着かなければならない。だけど、こんな王宮の裏事情は、私には重すぎる。

「君の家門であるクオーツ家は本来側妃を置く対象外だった。けれど、君の噂を耳にして興味を持ってね。全部調べさせてもらったよ。君の育った環境と学生の頃の成績や学外評価まで事細かにね」

にっこりと笑顔で語るノゼアンの姿を見て、身震いがした。

私の知らないところで私のことを調べられていたなんて。

「そして、あのパーティーの日に君と直接話してみて、これなら教育できるだろうと考えた」

ノゼアンが私にまっすぐ目を向ける。その碧眼はとても美しく、以前向けられたらうっとりしただろうに、今はあまりに恐ろしく感じてしまう。だから、思わず目をそらした。

そして、震える声を絞り出し、どうにか訴える。

「私には、無理だわ……そんな重責を背負うような器じゃないもの」

「君しかいないと僕は思っている。それに、君はもうあの家には帰れないだろう？」

それを聞いて胸が鷲掴みにされたように痛んだ。

彼は笑みを浮かべながら淡々と話す。

「言ったよね？　君のことはすべて調べたと。家庭環境に至るまで、すべてだよ。あんな家に生きていたのに、君はこの王宮での暮らしを手放せるの？」

もうそれ以上の言葉が出てこなくて、ただ放心状態でノゼアンを見つめて思った。

この人は誰だろう？　私の知っている優しいノゼアンとはあまりにも違う。

普段の気さくで明るい彼の面影がまったくない。

まるで見知らぬ誰かを見ているようで頭が混乱する。

『はっきり言おう。あいつのほうが性格は悪い』

急にシエルの言葉を思い出した。

『お前は上っ面しか見ていない』

ああ、あれは、こういう意味だったの？

気さくな皮をかぶり、好感を持たせておきながら相手の素を引き出す。

シエルのように壁を作っていては、相手が身構えて本心の半分も語らないからだ。

私はノゼアンの完璧な演技にやられたわけだ。

彼にとっては私も必要な駒のうちのひとつに過ぎないのだろう。

私は、盤の中央に置かれたクイーンを見つめて静かに声を洩《も》らす。

「少し考えさせて」

こう言えばこの場は逃れられるだろうと思った。

今は落ち着いて考える時間が必要だ。しかし、いつもならここで引いてくれるはずのノゼアンは、ゆっくりと首を振った。

「時間がないんだ。そんなにゆっくり君に考えさせてあげられる余裕はない」

彼の少し感情的な声に驚き、訊《たず》ねる。

「どうして？」

「僕は一刻も早く、君に引き継ぎがしたい」

「どういうことなの？」

ノゼアンは落ち着いて答える。

「僕の母は正妃だった。僕は正統な王位継承者として王宮で育てられたんだ。そして、僕も父と同じように、幼少の頃から幾度となく毒を盛られてきた」

どきりとして、急に胸騒ぎがした。

その続きは聞きたくない。なのに、ノゼアンは平然とそれを告げた。

「もうこの体は、もたない。医師に余命半年と言われている」

目の前が真っ暗になったような気分だった。

ノゼアンが死ぬ。数多くある衝撃的なことの中で今はそのことが頭の中を占めている。

だめだ。考えれば考えるほど胸が痛くて苦しい。

ノゼアンがいつ帰ったのか、よく覚えていない。彼があのあと何を話したのか、私はどうやって彼を見送ったのか、記憶が曖昧なくらい動揺していた。

気がつけば、ミントだけが私のとなりにいた。

「アクア様、大丈夫ですか？　少しでもお食事を召し上がってください」

「ええ……そうね」

ミントとの会話も上の空だ。

与えられた情報が多すぎて頭がおかしくなりそうだった。

スープの匂いはかぐわしいのに、まったく食欲がなくて、口に運ぶことさえ億劫だ。

ミントは気づかわしげに私を見て、それから無理やり笑みを作った。

「アクア様、今日は少しお庭へ散歩に出てみませんか？　護衛がついていてくれますし、少し日に当たったほうがいいのではないかと」

「そうね」

そんな気分にはなれないけど、部屋にこもっているよりはいい。ミントにもこれ以上心配をかけたくなくて頷く。

外に出ようとすると、庭園に出るだけだというのに護衛が三人もついてくれた。いまだ城内には厳重な警戒が敷かれているようだ。

久しぶりの外の景色は最高だった。空は清々しいほど青く晴れて太陽がまぶしい。

庭園に咲く花は風に揺れてふわっと甘い香りが漂う。

背伸びをすると悩んでいることを忘れそうなくらいすっきりした。

「ああー、気持ちいいわね」

「少しは気分が晴れましたか？」

「ええ。落ち着いて物事を考えられそうよ」

「それはよかったです」

ミントにはいつも心配かけているから、彼女の笑顔を見ると私も心が和む。

これから先どうなるかわからないけれど、妃となった以上、逃げることはできないだろう。

シエルの正妃なんて考えたこともなかったけど、ノゼアンに見込まれた、と思えば少しは気持ちがましになった。


再び城内へ戻ると、先ほどとは違って騒々しい雰囲気が漂っていた。

――この短い時間で何かあったのかしら？

使用人たちが数人、バタバタと急ぎ足で向かうのは、オパールやルビーの部屋がある方角だ。

「何かあったのかしら？」

「騒がしいですね」

曲がり角のところで、突然衣類を抱えた使用人が飛び出してきた。

その拍子にぶつかりそうになり、使用人は慌てて頭を下げた。

「申し訳ございません」

それに対し、ミントが声を荒らげる。

「妃様に対して失礼ですよ」

「急いでいたもので申し訳ございませんでした」

「一体何事？　みんな慌てて何があったの？」

「それが……」

使用人は言いにくそうだった。

もしかしたら口止めをされているのかもしれない。

「いいわ。急ぎなら早く行って」

私がそう言うと、使用人は「ありがとうございます」と言ってさっさと行ってしまった。

ミントは不服そうにしたが、すぐさま私に笑顔を向けた。

「あとで聞いてきますね」

「そうね」

そんなふうに軽く言葉を交わした翌日、とんでもない情報が私に飛び込んできた。

第一妃であるオパールの懐妊である。

「もう城内に広まってしまったので隠しておくこともできないかと」

ミントが訪ねて回るまでもなかった。カイヤがそんなふうに報告に来たのだ。

ミントは信じられないと言って、首を横に振っている。

私は、頭が真っ白になって何も考えられなかった。

「とはいえ、あなたはいつも通り過ごせばいいだけです。たいしたことではありません。妃なら当然そのようなことになってもおかしくないと……」

淡々と話すカイヤの言葉が途中から聞こえなくなった。

言われなくてもわかっている。妃なら王の子を身ごもっても何ら不思議ではない。

だけど……

『俺は誰とも夜伽《よとぎ》をしていない』

『妃の中ではお前が初めてだ』

『俺は、お前だからいいと思った』

シエルの言葉がやたら頭の中によみがえってくる。

そのどれもが、思い出したくもない言葉ばかりだ。

「アクア様、大丈夫ですか？」

ミントが私の肩に触れる。カイヤも眉をひそめて怪訝な表情をしている。

私にはふたりの顔が歪んで見えた。

ぽたぽたと私の足もとに雫が落ちる。

気づいたら私は大粒の涙をこぼしていた。

「泣くのはおよしなさい。どの妃も気丈に振る舞っています。側妃とはそういう立場なのです」

カイヤは私がショックを受けて泣いていると思っているのだろう。

そんなこと、あるわけがない。私がシエルにそんな感情を持っているはずが……

否定しようとするたびに、シエルの笑顔とか優しさとか、彼と過ごして楽しかったことだとか、
あらゆる記憶が一気に押し寄せて涙が止まらなかった。

ああ、いつの間に私は、こんなに彼のことを想っていたの？

「アクア様、少しお休みになりますか？」

「そうね。そうするわ」

涙を拭ってなんとか笑顔を作った。

人前で泣いていては妃としての示しがつかない。

だから、起きているときは涙を流さないように、シエルのことをなるべく考えないように努めた。

だけど、ベッドに入ってひとりきりになると、自然と涙がこぼれるのだった。

私はこんなに弱い人間だっただろうか？　親に冷たくされても使用人に嫌がらせを受けても、学校で嫌みを言われても、泣かないようにしてきたのに。

シエルの優しさに触れたせいか、今回のことはあまりにショックが大きい。

「……優しく、しないでほしかった」

初めて対面したときのように、ずっと冷たくされていたなら、こんな気持ちにならなかっただろう。

会いたい。でも二度と会いたくない。

こんな相反する気持ちで揺れながら、今はどうしても冷静になれない感情を落ち着かせるのに苦労した。


「陛下があなたに会いたいとおっしゃっておられます」

カイヤがそう言ってきたのはオパール懐妊の知らせの数日後だった。

あれほど会いたくてたまらなかったのに、今はそうではない。

だけど王の申し出を断ることなど妃にはできない。

私が返答に困っていると、カイヤはため息まじりに提案した。

「体調がまだ優れないと報告しておきます」

そう言って、彼女は静かに退室した。

以前のカイヤなら強制的に私をシエルに会わせていただろう。

けれど、今は私の体調を気遣ってくれる。

それがたまらなく嬉しくて、同時にシエルと会うことを避けた自分に嫌気がさして、涙ばかりが出るのだった。

第五章

騎士訓練所はいつも以上に活気にあふれている。城内に暗殺者を入れてしまったことをきっかけに、騎士たちはより一層訓練をおこない、雰囲気はピリピリしている。

大勢が剣を振るう大きな訓練場所の他に、特別な訓練所がある。

専用のその場所で、俺は護衛騎士のベリルと剣を交えていた。

ほとんど苛立ちのままに剣を振るうと、ベリルは吹き飛んで地面に転がった。

ベリルが起き上がる前に剣先を彼の鼻先に当てる。

「お前、戦場なら死んでいるぞ」

「……そのようですね。ご自分の護衛騎士を殺してどうするんですか」

「そんな弱い護衛などいらん」

両手を上げて降伏の姿勢をとるベリルを見下ろして、俺は告げた。

「立て。この程度でやられるような護衛を俺は置いておきたくない」

「いや、まあ、その理屈はわかりますけどね。ひとつ言わせてください」

「何だ？」

眉をひそめると、ベリルが強い口調で言い放った。

「俺に八つ当たりするのはやめてください。アクア様がノゼアン様には会われたのに、シエル様にはお会いにならないことを拗ねても仕方ありませんよ」

その言葉に目を見開き、今度はベリルの喉もとに剣先を突きつける。

「お前、本当に死にたいのか？」

「……わかりましたって。俺、可哀想」

ぶつぶつ文句を言うベリルに剣を引いて、代わりにじろりと睨《にら》んだ。

イライラする。この一カ月ものあいだ、多忙すぎてアクアの見舞いに行けなかった。やっと落ち着いたところで会いに行けると思ったら、あちらから拒否されたのだ。

「くそっ……なんでノゼアンはいいんだ？」

ぼそりと胸中を吐露すると、ベリルが呆れ声を出した。

「はぁ、好きな人には好きだって言わないと伝わりませんよ？」

くるりと顔を向け、ベリルを見下ろす。

「余計なことだぞ」

「これでも心配しているんですよ。今まで女性にまったく見向きしなかったシエル様が初めて興味を持ったお方ですから」

「そろそろ黙れよ？」

「……はいはい」

ベリルは座り込んだまま額の汗を拭い、ため息を洩《も》らす。

その様子を見ていた俺は、苛立ちのあまり声を荒らげた。

「だいたいお前はこんなときに余計なことをしやがって。オパールが懐妊だと？」

ベリルがびくっとして苦笑いをした。

「それは……本当に、申し訳ないと……」

ぼそぼそ言い訳をするベリルを見下ろしながら、思わずぼやく。

「計画が狂った」

ベリルはぐっと拳を握りしめ、真剣な表情で訴える。

「し、仕方ないじゃないですか。半年ぶりのデートだったんですよ。盛り上がっちゃうでしょ？」

「俺の知ったことか！」

「あーあー、シエル様も恋人ができたらわかりますよ。久しぶりに会えたときの胸の高鳴りとか、何も考えられないくらい目の前の彼女を愛したい気持ちとか！」

「うるさい！」

いつものように柵に引っかけていた上着を羽織《はお》り、ベリルに背中を向けた。

「――子に罪はない」

「あ、当たり前ですよ。俺の子ですから絶対に守ります」

振り向くと、ベリルは地面に正座をしたままこちらを見据えて言い放った。もし国王が相手でも、自分の身内に手を出すのであれば容赦はしない、という目線だ。

その覇気を訓練で出してほしい。ベリルを見て、俺は肩をすくめるとさっさと立ち去った。

そもそも、オパールの王宮入りは計画的なものだ。これらはすべてノゼアンの考えたことなのだ。

俺は真向から反対した。なぜなら、オパールとベリルは恋人同士だったからだ。

しかし、ふたりはこの計画に協力すると言ったのだ。だから、それほど責め立てるべきではないのかもしれないが、それでも苛立ちが抑えられない。

正直、ベリルに対する呆れた気持ちよりも嫉妬のほうが強かった。

なぜそれほどまで、本能に素直でいられるのか。

『好きな人には好きだって言わないと……』

急に先ほどのベリルの言葉が頭の中によみがえり、苛立ちながら拳で壁を殴りつけた。

「言えるか！」

誰もいない簡素な建物内で、俺の声が虚《むな》しく響いた。

◇

朝になって目が覚めると、つらい現実が襲ってくる。

この一カ月であまりにも多くのことがあった。何度窮地に陥っても、どれほど心が打ちのめされても、ここまで精神がやられることはなかった。

頭ではきちんと理解できているはずだ。ノゼアンの考えは王国を護っていくためのものだし、オパールの懐妊も、王族の繁栄のためには必要なことだ。

ノゼアンの計画通りなら、私が正妃の立場になり、寵姫としての役目はオパールが得る、というところだろうか。

そんな想像をして、ティーカップをテーブルに戻す。味覚が戻っても体調が回復しても、私は食事を一切受けつけなかった。

こんなことは初めてだ。

心にぽっかり穴が開いたみたいで何もできない。

「私ってこんなに弱かったかしら？」

「アクア様、今はゆっくり静養なさってください。弱くなって当然です。刺客に狙われ毒を盛られたのですから、どんな人間も正常ではいられません」

私の声を聞いて、ミントが優しい笑顔で励ましてくれる。

「そうね。ありがとう」

こういうのって時間が解決してくれるのかしらね。

だとすれば、もう少し休んだら元に戻るのかもしれない。

もう少し眠ろうかと思って、ベッドに戻り布団をかぶったところに、突然カイヤが部屋を訪れた。

「アクア様、陛下がいらしております」

「えっ？」

私が体を起こそうとすると、ミントが支えてくれた。

断ったのにどうして？　そんな私の疑問を察知してか、カイヤは複雑な表情で告げた。

「どうしてもアクア様にお会いになりたいそうです。格好はそのままでよろしいですよ」

と言われても、私は寝間着だし髪も梳《と》かしていないし、化粧はおろか朝の洗顔さえしていない。

こんな状態で会えるわけがないわ！

「あの、お断りして……」

「なぜだ？」

カイヤへ向けた私の発言を返してきたのは、シエルだ。

彼は衛兵たちを押しのけて私の部屋へずかずかと入ってきた。

カイヤは黙り込み、ミントは硬直している。

シエルは私に近づいて、鋭い眼光を投げつけてきた。

「お前は俺の妻だろう？　なぜ夫が妻の見舞いに来てはならない？」

どきりとして固まった。

どうして、今そんなふうに言うんだろう?

一番聞きたくないときに、そんな言葉をくれても心が痛むだけ。

でも、これは私の個人的な感情だから、あくまで今の私は妃の立場として話さなければならない。

私はわずかに息を吸い込むと、シエルに視線を向けた。

「あなたの妻は私以外にもおります。それに、今は私に構っている暇などないでしょう?」

オパール妃のそばにいてあげてください、なんて優しい言葉は言えない。

そこまでの心の余裕は私にはない。だから、これが精一杯だ。

「俺が誰に会うかは俺が決める。余計なことを言うな」

シエルはきっぱりとそう言って、私のそばの椅子に腰を下ろした。

彼が無言で周囲に目配せをすると、カイヤは一礼して退室し、ミントも不安げな様子でそそくさと出ていった。シエルとふたりきり。ずっと会いたいと思っていたときには叶わなかったのに、一番会いたくないときに会えるなんて、うまくいかない。

「具合はどうだ?」

「ずいぶんよくなりました。気にかけてくださり、ありがとうございます」

あまり彼と目を合わせずに、当たり障りのない返答をした。

すると、シエルは次にとんでもない行動に出た。

「あまり、よくなってはいないようだ。顔色が悪い」

シエルは身を乗り出して、あろうことか私の頬を撫でたのだ。

衝動的に振り払おうとして、どうにか耐えた。

私の胸中では他の妃を抱いた手で触られたくないという気持ちがふつふつと湧いている。

ああ、もう、どうしてこんな気持ちになるんだろう？

以前の私ならこんなおかしなことを考えたりしなかったのに。

ぎゅっと目をつむっていたら、シエルは離れてくれた。それから眉尻を下げて、私を見つめる。

「……見ないうちにずいぶん痩せたな」

「そうでしょうか。変わりありません」

「毒のせいで食事がとれないと聞いている。夜も眠れないのだろう？」

「少し不眠なだけです。こうして眠れるときに眠っていますのでご心配なく」

切って捨てるように言えば、無言の時間が出来た。ほんの数秒のことなのに、やけに長く感じる。

前回ふたりで過ごした夜はあまりに楽しくてあっという間に時間が過ぎていったのに、今は一秒が長くて息苦しい。

口を開かないまま下を向いていると、シエルがため息をついた。

「お前にはしばらく療養が必要だな。この城を離れてみてはどうか？」

「えっ……」

それは、私はもうここには必要ないということでしょうか？

「医師が心の静養が必要だと言っていた。ここでは暗殺未遂もあったことだ。休まらないだろう」

体《てい》よく追い出されるのだろうか。オパールが跡継《あとつ》ぎをもうけたから、もう私は必要ないし……

ああ、だめだ。私は偏屈《へんくつ》になりすぎている。

「ありがたいお話、感謝いたします」

なんとか笑顔を作って対応した。

大丈夫。感情を表に出していないはずだ。シエルも落ち着いているし、このままやり過ごせるはず。

そう思っていたときだった。

シエルが私の腕をぐいっと掴んだのだ。

「アクア、どうした？」

「え？」

「なぜ俺の顔を見ない」

「な、何をおっしゃっているのか……」

シエルの顔なら今、しっかり見ているつもりなんだけど。

しかし彼は不服そうな顔で私を見つめている。

「以前のお前はもっと朗らかでしっかり俺の目を見て話していただろう？」

「それは、療養中だからです」

私は至極まっとうな理由を述べた。シエルの顔をこれ以上見るのがつらくて涙が出そうになっている、などと言えるわけがない。

「失礼があったならお詫びいたします。今後は気をつけますので」

丁寧にそう言ったつもりだが、シエルはあまり納得しないような顔をしていた。

だけど、これ以上話してもあまり会話が続かないとわかったのだろう。

彼はゆっくりと立ち上がった。

「突然、悪かった。ゆっくり休むといい」

そう言って彼はくるりと背中を向けると、静かに部屋から出ていった。

シエルがいなくなったあと、我慢していたせいか一気に涙があふれ出した。

そして後日、私にはひとつの命令が下ったのだった。

「あなたはクリスタル宮を離れることになりました」

カイヤに命じられ、私はすんなり応じた。もしかしたら、もう戻ってこられないのかもしれない。

けれど、これでいい。彼が私への関心をなくして、初めて出会った頃みたいに冷たく接してくれれば、諦めもつくだろう。

今までのことはなかったことになり、私は当初の予定通り、ひっそりと目立たず暮らすのだ。

私は、ミントとともに王都郊外の森の中を走る馬車に揺られていた。

辿り着いた場所は古城だった。どうやら王宮を追い出されはしなかったようだ。ここは、シエルが幼少期から青年期まで暮らした城だという。

今は誰も住んでいないが、庭園の手入れはされており、色とりどりの花が咲いている。

「いらっしゃいませ、アクア様。わたくしたちが精一杯お世話をさせていただきます」

中年の女性と数人の若い使用人たちに出迎えられた。

「シエル様はアクア様を心配されているのです。あのままクリスタル宮にいてもアクア様の体調がよくなるとは思われなかったのでしょう」

「……そうね」

たしかに、どこへ飛ばされるのかと思っていたけれど、シエルの実家だとは思いもしなかった。

クリスタル宮よりも狭い城なのに、私に与えられた部屋は結構広い。

貴賓《きひん》室と同じくらいの広さで豪華なテーブルや家具が配置され、カーテンや絨毯は上質な生地でできている。何より天蓋《てんがい》付きの大きなベッドは五人くらい寝そべられるのではないかと思うほどだ。

こんな立派な部屋でなくてもいいのにと言うと、シエルの指示だからと使用人が言った。

「ゆっくり静養なさってください。何かございましたら何なりとわたくしたちにお申しつけくださいませ」

使用人たちは笑顔でそう言ってくれた。

クリスタル宮の雰囲気とずいぶん違い、ここは人も穏やかだ。

城内を散策していたら、少しずつ気持ちが前向きになってきた。

ここがシエルの育った場所だと思うと感慨深い。彼はたしか側妃の子だと聞いた。なぜこの古城で暮らしていたのか理由はわからない。それに、一国の王が育つ場所にしてはあまりにも質素だ。

だからこそ、シエルはおごり高ぶったりしないのだろうけど。

簡素なシャツを着てサンドイッチを頬張る姿はまるで平民のようだった。あのように楽しい夜をもう一度過ごしてみたいと、何度思ったことだろう。

回廊で足を止めて庭園に目を向けると、ミントが声をかけてきた。

「アクア様、このお庭はシエル様のお母様が生前自らお手入れをされていたんですよ」

「ご自分で？」

「はい。庭師の方と一緒に。私は兄と何度か訪れたことがあります。私は今、アクア様とこのお庭を一緒に拝見できて嬉しいです」

ミントが明るくそう言って、私を励ましてくれる。

私は感動のあまり、思わずミントに抱きついた。

「ありがとう。あなたがいてくれてよかった。私ひとりだとどうなっていたか」

するとミントは私をぎゅっと抱きしめてくれた。

そして、私の耳もとで彼女はこっそりと言った。

「――アクア様、決して誰にも言わないと誓ってくだされば真実をお話しします」

「えっ？」

驚いて顔を放すと、ミントは真剣な表情で私をまっすぐ見ていた。

「決して口外してはいけません」

「ええ」

「オパール様の子は、シエル様の子ではありません」

「ええっ⁉」

うっかり声を上げてしまうと、ミントが再び私に抱きついてきた。それから私の耳もとでこそっと告げる。

「理由は言えません。ですが、このことが知られたら大変なことになります」

「そ、そうよね」

こくこくと頷く。王の妃が別の男の子供を身ごもっているなんて、とんでもない話だわ。

「どうしてそれを私に……」

「――これを聞いて、アクア様、少しは安心されましたか？」

ミントはにっこり笑った。

「幸いこの城に使用人はほとんどいませんし、外部と接触する者もいません。クリスタル宮にいたらお話しすることはできなかったでしょう。このことを伝えられただけで、ここに来られてよかったです」

その言葉に、じわっと涙が込み上げてきた。

私のために首が飛ぶ可能性のある機密事項を話してくれるなんて。

私は再びミントをぎゅっと抱きしめる。

「どうしてそんなに私によくしてくれるの？」

十数年も一緒に暮らした家族でさえ、私を邪険に扱った。出会ってたった数カ月のミントがなぜこれほどまで私を大事にしてくれるのかわからない。そう訊くと、ミントは私の背中を優しく撫でてくれた。

「だって、私はアクア様が大好きですから。理由なんてそれで充分でしょう？」

私はぼろぼろ涙を流した。

「嫌だわ……最近、涙脆《もろ》くて」

「いいじゃないですか。それですっきりするなら思いきり泣いちゃいましょ」

ミントは笑顔でハンカチを差し出してくれた。

そうして、少しだけ気持ちが和《やわ》らいでからのこの城での暮らしは、実に快適だった。

クリスタル宮にいた頃は部屋に閉じこもっていても何かを背負っているような重みを常に感じていたけれど、ここにいると解放感に満たされる。

これは、私の望んでいた隠居生活そのものだ。体調が回復していくと食事も少しずつ増えていき、夜も眠れるようになった。午前中は本を読み、午後は庭に出て作業をする。

私は簡素なシャツとスラックスという格好で手袋を装着し、庭師のおじさんと草むしりをしたり花の手入れをしたりした。彼はこの庭には王宮でも飾られている花が咲いていると教えてくれた。

他の使用人たちは、最初こそ私が働いていることにおろおろしていたけれど、今は力仕事を終えた私のためにお茶を用意してくれたりする。

「はぁ、今日も晴れて気持ちいいわ」

私はこの日、花の植え替えをしていた。

太陽の光を浴びて穏やかな風を感じると、悩んでいたことがどうでもよくなってきた。

このまま一生、静かにここで暮らせたらいいのにと思う。

「あら？　これは……」

手もとの植物に見覚えがある。たしか、これはとても美しい赤い花を咲かせるのだけど猛毒だったはず。

私は鼻と口を布で覆って手袋も装着して、除去作業をおこなうことにした。

すべて終えたところで庭師のおじさんが来て驚愕していた。

「ああ、これはとんでもないことを……妃様にこのような植物を触らせてしまうとは」

「大丈夫よ。きちんと防護して作業したわ」

「申し訳ございません。私はこの城に雇われたばかりで管理がおろそかになっておりました」

庭師のおじさんがぺこぺこ頭を下げて謝る。

「いいのよ。それなら慣れていなくても仕方ないわ。だけど、どうして毒のある花を育てているのかしら？」

「毒が含まれているものは大変美しい花を咲かせるのです。ですから観賞用として王宮では重宝されております。特に第三妃のルビー様はこのお花を好まれているようですよ」

ふとルビーの部屋を訪れたことを思い出す。そういえば赤い花が飾られていたような気もするけど、彼女の部屋は全体的に赤いからあんまり目立っていなかったわ。

「しかし使い方次第では妙薬にもなりますから、一概に毒とは言えないのですよ」

「なるほど。勉強になるわ。ありがとう」

「いいえ、どういたしまして。あとは私がやりますので、妃様は休憩なさってください」

「ええ、ありがとう」

あとは庭師に任せて私は着替えてお茶でも飲もう。

一つにまとめていた髪をほどき、うんと背伸びをしてから室内へ向かう途中だった。

「新しい庭師を雇ったと聞いたが、お前のことだったのか」

その声にどきりとして振り向くと、シエルが立っていた。

硬直していると、シエルがふっと笑みを洩《も》らした。

「お前は本当に、面白いことをしてくれるな」

シエルが笑っている。久しぶりに見る彼の笑顔に涙が出そうなくらい嬉しくて、私も思わず微笑んだ。だけど、すぐに我に返る。

「どうしてこちらにいらしたんですか？　それに、その格好は……」

シエルは私と同じくらい質素なシャツとスラックスという姿をしていた。しかし私の言葉に、シエルは一瞬目を見開いて、すぐに悪戯っぽく言い返してくる。

「お前こそ、なんだその格好は？」

「……すみません」

「いや、似合っているぞ」

「それ、どういう意味ですか？」

まるでドレス姿の私よりこっちのほうがいいというような言い方に、少々むっとした。

するとシエルはいきなり私に近づいて手を伸ばし、私の頬に触れた。

「土がついているぞ。まるで子供のようだな」

「す、すみません」

慌てて首にかけたタオルで頬を拭く。

「さらに汚れたぞ。顔を洗ってくるがいい」

「……そうします」

私は急いで部屋に戻り、簡単に着られるドレスに着替えた。髪をささっと整えてもらうと、ドキドキしながらシエルのところへ向かう。

庭園のテラスにはお茶の準備ができており、シエルが座っていた。テーブルにはケーキやマカロン、チョコレートやスコーンなどが並び、私が席に着くと使用人が熱い紅茶を淹《い》れてくれた。

「お待たせいたしました」

「ああ。ここは俺の一番気に入っている場所だ。まさか、お前が庭仕事をしているとは驚いたな」

シエルはそう言って庭を眺めながら微笑んだ。

とても優しい表情だ。きっとお母様との思い出を懐かしく感じているのだろう。

「土を触るのは好きなんです。昔、学校で園芸のクラブへ参加していましたので多少庭仕事ができる程度ですが」

「お前は何でもできるんだな。チェスだけではないのか？」

「はい。あとは刺繍を作って町で売ったり、スコーンを焼いたり、川で釣りをしたり……」

指を折りながらできることを並べ立てていたら、突然シエルが声を上げた。

「釣りができるのか？」

「え？　はい。嗜《たしな》む程度ですけど」

「そうか。ではこのあと釣りに行こう」

「はい？」

驚いてお茶をこぼしそうになった。しかしシエルは冗談を言ったわけではなかった。せっかくドレスに着替えたのに、私は再びシャツとスラックスという格好をすることになった。

「まあ、湖へ行かれるのですか？　でしたら小舟がございますから、おふたりで遊覧されてはいかがでしょう？　景色も素敵ですわよ」

使用人が笑顔でそう提案すると、ミントもにっこり笑った。他の使用人たちもやけに嬉しそうにしているのが気になる。

わかりますよ。ふたりきりのデートを後押ししてくれているのでしょう？

ええ、私もその気満々だったわ。

だけど、現実はそうでもなかった。

一時間ほど経ったころ、私とシエルは小舟に乗って無言だった。

手に竿を持ち、時間だけが過ぎていく。

「あのう、本当にここで釣れるんですか？」

「昔は釣れた。その魚を晩飯にしたものだ」

一体いつのことですかね……

そしてこれは世間一般でいうところのデートとは程遠い気がする。

それにしても、自分で釣った魚を料理して食べていたなんて、本当に庶民的な人だなと思う。

となりにいるシエルの顔をじっと見つめていたら、彼が振り向いた。

「どうした？　腹でも減ったのか？」

「いいえ。ひとつ質問があります」

「何だ？」

「こんなところで遊んでいていいのですか？」

「俺は遊んでいるわけではない。妻との時間を過ごしている」

いや、話してくれないとぜんぜん楽しくないんですけど。

ひゅっと風が吹いてバサバサ私の髪を揺らした。せっかく一つにまとめていたのに、リボンが解けてしまった。

「木の葉がついている。じっとしてろ」

シエルがそう言って私の髪に手を伸ばしてきた。一カ所にふたりの体重が集中したせいで小舟が傾く。

「ちっ、ちょっと、揺らさないでください」

「おい、動くな」

そう言っている本人が体勢を崩して私に覆いかぶさった。キスしてしまうくらいの距離。そのままお互いに見つめ合って、シエルの顔が近づいてきて——私はぎゅっと目を閉じた。

ミシッ。

同時に不気味な音がして、足がひやりとするのを感じた。

「え？　冷たっ……」

どうして――と目を開き、視線を落とすと私の足もとが水浸しになっていた。

「きゃああっ、浸水してます！」

「じっとしてろ。急いで岸に……」

シエルが船をこいで岸へ向かおうとするも、ミシミシと大きな音がして一気に水が流れ込んでくる。

その冷たさに、私は半ばパニックになった。

「わ、私……泳げないんです」

「は？　お前、何でもできるんじゃなかったのかよ」

「水泳だけはやっていないんです！」

話しているあいだに小舟はほとんど沈み、私は恐怖で叫んでしまった。

「いやあっ！　怖いっ！　死んじゃう！」

「暴れるな！」

バタバタしているとシエルが私を抱きかかえて、湖に飛び込んだ。そのまま私を背負うようにして、泳ぎ始める。私は必死にシエルにしがみつき、彼は私に声をかけながら岸まで泳いだ。

私はもうパニックで何が何だかわからなくなっていた。

岸に待機していた護衛たちが飛び込んで私を引き上げてくれた。

「し、失礼いたしました……」

岸に上がってようやく落ち着くと、となりでシエルがいきなり笑い出した。

「泳げないのに釣りはできるとか、お前はどれだけ俺を笑わせてくれるんだ？」

「釣りと水泳は関係ないでしょう？　だいたい釣りをするのにわざわざ岸から離れる必要ないじゃないですか！」

「深いところのほうが釣れるからな」

「ぜんぜん釣れませんでしたね。もう釣りはやめましょう」

「そうだな」

抗議する私を見て、シエルはまだ笑いが堪えられないようだった。

ずぶ濡れの状態で帰ってくると、ミントと使用人たちが驚き慌てながら、すぐに湯浴みの準備に取りかかってくれた。申し訳ない気持ちで彼らの背を見つめていると、シエルがつついてくる。

「一緒に湯浴みをするか？」

シエルがさらりとそう言ったので、私は目を見開いて硬直した。

すると彼はすぐに「冗談だ」と言って笑いながら立ち去った。

「何なのよ、あの人！　私、完全に振り回されているわ」

「でも、楽しそうですよ。アクア様」

ミントはふふっと笑ってそう言った。

楽しくなんか……

少し考えて、自分がついこの前まで悩んでいたことをすべて忘れていることに気づく。

「た、楽しいわ」

認めざるを得なかった。オパールの一件があったけれど、それは誤解だとミントが教えてくれた。

正妃云々、という話はあったけれど、シエルはそんな気配をまったく見せない。

やっぱりシエルと一緒にいると、すごく楽しい。

そしてある日のことだ。

「今日は町へ出かける」

またシエルの無茶ぶりに巻き込まれることになった。

私たちは簡素な衣服を着て平民に近い格好で町を歩くことになった。

護衛騎士が離れたところでついてきている。

町の民は誰も私たちに目を向けていない。まさか誰も、こんなところに王様が歩いているなんて思いもしないのだろう。

——それも、こんな格好をして。しかも、寝癖までついているのよ。

シエルの後頭部の髪が跳ねているのを見るとおかしくて、何度も笑いそうになった。

賑やかな市場を通りかかると店の女性に声をかけられた。

「奥さん、いいスカーフが手に入ったんだよ。どうだい？」

私はぺこりと会釈をして通り過ぎる。

「旦那、工具を新調しないかい？　隣国から仕入れたいい品があるんだよ」

シエルは工具店の店主の声で立ち止まり、別の品物を指差して言った。

「俺はそっちの武器のほうが気になるな」

「なんとお目が高い！　これはわが国が誇る王国騎士様が持つ剣と同等の型ですぞ。わかる人にはわかるんだなあ」

熱く語る店主の話をしばらく聞いたあと、店をあとにしてシエルはぼそりと言った。

「ベリルの剣だ」

「あら、そうなんですね」

「なぜ俺の剣はないんだ？」

シエルが腕組みをして怪訝な表情になった。

「いや、普通に考えて王様の剣のレプリカが市場に回ったらまずいでしょう」

「お前のそういうところだ！　俺の精一杯の冗談がなぜ通じない？」

「え？　笑ってほしかったんですか？」

シエルは真っ赤な顔をして思いきり私から顔を背けた。

何この人。ほんとに素直で可愛い。

私は久しぶりに声を上げて笑ってしまった。

その後、私たちが向かった先は刺繍屋だった。店内に入るとさまざまな刺繍がされたハンカチや複雑に編み込んだレースなど数種類の品が置かれていた。

「いらっしゃいませ。あらまあ、これは」

店主の女性は、シエルを見ると目を瞠《みは》り、すぐに温かな笑みを浮かべた。どうやらシエルのことを知っている様子だ。どなたですか、とシエルに視線を向けると、すぐに教えてくれた。

「彼女は昔、俺の乳母だった」

「そうなんですか？」

であれば、シエルが王であることも知っているはずだが、彼女は特に驚きもせず平静を保っている。

私は店主に向かって挨拶をした。カーテシーをしそうになる手を押さえて、普通の礼にとどめる。

「はじめまして。アクアと申します」

「まあ、可愛らしい」

「ありがとうございます」

挨拶を終えると、シエルは軽い口調で店主に話しかけた。

「あいつの様子はどうだ？」

「よく働いていますよ。本当に感心するほどです。朝から晩まで動き回ってくれるので、少しは休んでほしいくらいですよ」

シエルがあいつと言った子が店の奥から出てきた。それはガーネットと同じくらいの年齢の少女だった。

「こんにちは！　お久しぶりです。エル様」

少女がエルと呼ぶと、シエルは穏やかな笑みを浮かべた。

「今日は妻を連れてきた。妻に似合うショールを見立ててくれ」

私は「え？」と小さく声を洩《も》らした。

ショールなら衣装屋から新調したばかりだからわざわざ町で購入する必要がない。

「あの、シエル様……ショールは」

「せっかく町へ来たんだ。ゆっくり選ぶといい。この店は品数も多いからな」

シエルがやけに明るくそう話すので、私はこくんと頷いた。

少女が丁寧に会釈をして店の奥へ私を案内してくれる。

「かしこまりました。奥様、どうぞこちらへいらしてくださいませ」

少女は大人顔負けの接客術ではきはきと明るく話しながら、いくつか刺繍入りのショールを見せてくれた。純白の生地のものやピンクの花柄模様のものや、派手な絵柄のものまで多く並ぶ。

「奥様は淡い空色が似合うと思います。こちらなんかどうでしょう？」

ショールはふわっと軽い生地で触り心地がよく、綺麗な模様が刺繍されている。

「素敵。とても気に入ったわ」

「ありがとうございます。こちらも試してみますか？」

「ええ、そうね。見せてくれる？」

「はい」

品物を選びながら少女はシエルとの関係を話してくれた。

彼女はどうやらシエルのことを騎士だと思っているらしく、自身の恩人だと語った。

「私は二年くらい前に夜盗に押しかけられて両親を失いました。そのときは、何が起こったのかよくわからなくて、夜中にベッドの中で震えていたんです。そうしたら、エル様が助けてくださいました」

「そうだったの……それは怖かったでしょう」

「しばらくは何もできなくて、私も死んじゃいたいと思っていたんですが、ここの主人が私を住み込みで雇ってくださって、今は元気に暮らしています」

「乗り越えるのは大変だったでしょう。それほど時間は経っていないのに、とてもしっかりしているわ」

「ありがとうございます。優しくしてくださる方がたくさんいるので、私はもう大丈夫です」

本当に、少女は周囲から愛されているようだ。店主からもシエルからも、そして店に来る客は男女問わず少女に笑顔で声をかけている。

「またいらしてくださいね」

帰り際、少女に声をかけられて、私たちは笑顔で手を振って店をあとにした。

しばらく歩きながら、私は少女とのやりとりをシエルに話した。

「彼女はあなたに助けられたと言っていましたよ。本当に感謝していると」

そう言うと、シエルは一瞬の沈黙のあと、足を止めた。

「――あの少女は俺が殺す予定だった」

「え？　どういうことですか？」

訊《たず》ねると彼は特に表情を変えず、淡々と語った。

「俺の父の暗殺を企て、謀反を起こした家門の唯一の生き残りがあの少女だ」

それを聞いてノゼアンの話していた内容を思い出す。そういえば、王に謀反を起こした一族は全員処刑されたと言っていた。生まれたばかりの赤子や何も知らない子供までですべてだ。それが王を弑逆《しいぎゃく》しようとした一族の罪だから。

わかっているけど、実際に手を下した本人から聞くと身震いがする。

「なぜ、あの子を助けて差し上げたのですか？」

少女はシエルに助けられたのだと言っていたし、彼に対して恐ろしい印象をまったく抱《いだ》いていなかった。それどころか、恩人であると言っていた。

シエルは冷静に語る。

「わからん。手が止まった。あの夜、謀反人の屋敷に押し入った際、当主の娘を見つけてその場で殺すつもりだった。だが、かつて戦場で見た子供の姿と重なった」

子に罪はないと、シエルは思ったのだろうか。一般人の感覚なら到底目の前の子供を殺すことなどできないだろうが、シエルは国を護る騎士であり、今や王である身だ。

ノゼアンの言うように、禍根を残すようなことをしてはならない。

「そこで殺さずにいたから、彼女はあなたに助けられたと思ったのですね」

「ああ、そうだろう。あのあと、昔の俺の乳母が今はあの店をやっているから、彼女を託した」

「では、定期的にお忍びであの店に通われているのは、あの子を監視するためなのですね？」

「その通りだ」

もう驚きはしなかったけど、胸が痛くなった。

あの少女は無邪気に自分を助けた騎士が会いに来てくれると思っているのだろう。

けれど実際は、少女が一族の仇を討とうとしないか、監視しているのだ。

シエルは店主に少女の様子はどうかと訊《たず》ねていた。店主は笑顔で働き者の娘だと言っていた。

あの店主もすべてを承知で少女を置いているということだ。

けれど、私にはそれだけではないように思える。

「あのお店には優しさがあふれていました。みんな、あの子のことを大切に思っている雰囲気が伝わってきましたから」

「そうだな。俺もそのように思う」

シエルは笑みを浮かべてそう言った。その視線には、今語った内容のような冷酷さは一切含まれていない。きっと、彼が彼女を見守っているのには、監視以外の目的もあるのだろう。

ああ、この人は優しすぎる。ノゼアンの言う通り、王には向いていないんだわ。

そのとき、ふとノゼアンが言った続きを思い出した。

『僕と同等かそれ以上の頭脳を持った妃を置けばいいと思った』

でも、それは買いかぶりすぎだ。私にはとてもそんな役割はできない。

考えごとをしていたら、シエルと少し距離が開いてしまった。

そのときだ。人混みにまぎれて私は誰かとぶつかってしまった。

「わっ」

体勢を崩して転んでしまう。地面に膝をつき、顔を上げると頭からすっぽりとフードを被った人物が私を見下ろしていた。その人物は素早い動きで懐から短剣を取り出し、私に向けて突きつける。

避けられない――！

ぎゅっと目をつぶった瞬間、風が吹いた。目を開くとその人物が横に吹っ飛んでいる。

どうやらシエルが蹴り飛ばしたようだ。地面に転がったその人物はすぐさま逃げ出す。シエルが右手を動かすと同時に、護衛騎士たちが走っていった。

「アクア、怪我は？」

「大丈夫です」

シエルは私の手を引いて起こしてくれた。

あまりに突然のことに、震えが止まらない。

「何だ？　物盗りか？」

「お嬢ちゃん、災難だったね」

周囲の人々が気の毒だというように私に声をかけてくれる。

偶然？　災難？　違う。あの人ははっきりと私に狙いを定めていた。こんなに人がいるのに周囲には目もくれず、むしろこの人混みを利用しているようだった。

「逃げられただと？」

屋敷に戻ると、護衛騎士たちからの報告があった。襲ってきた人物は、人混みを利用して逃げ切ったようだ。シエルは犯人を逃した護衛たちを怒鳴りつけている。

私は怒り狂うシエルの腕を掴んで、声をひそめて言った。

「ふたりきりでお話ししたいことがあります」

私の言葉に、シエルが目を見開く。こくりと頷くと、シエルも頷き返してくれた。

——その夜、シエルは私の寝室を訪れた。

彼はバスローブ姿で、私は寝間着のドレスを着ている。夫婦であればごく当たり前の夜の時間だ。

「お待ちしておりましたわ」

私はシエルの手を取り、ベッドへ誘う。

カーテンの隙間から月明りがこぼれ、シエルの顔は白く輝いて見える。

彼の紅《あか》い瞳はよりいっそう宝石のようにまぶしく、鋭い眼光は私の胸を焦がした。

ベッドの上でお互いにしばらく見つめ合った。

私はシエルの手を握り、彼は私に顔を近づけると、耳もとでささやいた。

「やはり、お前の言った通りだ」

「……そうでございますか」

私たちはひそひそと話す。

「すぐにクリスタル宮へ戻ろう。護衛も多くつける」

「いいえ。私はここに残ります。ですが、シエル様は王宮へお戻りください」

「そんなことをすればお前の身に……」

「そのほうが好都合なのです」

眉をひそめて怪訝な表情をするシエルに向かって、私は笑顔で言った。

「私はあなたを信じています。ですから、あなたも私を信じてください」

シエルは黙って私を抱きしめた。

その腕の中は温かくて心地いい。お互いに目を合わせると、どちらともなくごく自然に口づけを交わした。そうなると、もう続きはわかりきっていた。

私は妃としての役目を果たすのだ。

たとえ、そこに愛がなくても。

明日は何が起こるかわからない状況だから、今のこの時間を大切にしたかった。

しかし……

「し、失敗したわ」

私は寝入った記憶がないほど爆睡してしまった。シエルが来てから少し緊張していたせいか眠りが浅かったし、何よりこの数日いろんなことがあって疲れがたまっていたせいかもしれない。

彼の手が触れてからの記憶がない。

寝たあとに何かが起こったかと危惧《きぐ》したが、昨夜と何も私自身に変化はなかった。

ただ、朝起きたらシエルがものすごく不機嫌な顔をしていて、ろくに口を利《き》いてくれず、非常に気まずい空気だった。

シエルは私と会話どころか目も合わせずに、護衛騎士を連れてさっさと王宮へ帰っていった。

「シエル様が急にお帰りになるのも驚きましたが、なんだかご立腹でしたね。何かあったんですか？」

「……さあねぇ。さて、私は庭仕事でもしようっと」

昨日まであれほど一緒にいた私たちが急にそっけなくなったせいか、ミントは不思議そうに首を傾《かし》げている。私は気まずさ半分で背伸びをしたあと、さっさと部屋へ戻ってドレスを脱ぎ捨てて、今日も庭師のおじさんと花壇の手入れをおこなった。

シエルと護衛騎士たちがいなくなった城はがらんとしていた。

最初に来たときよりも寂しさを感じるのは、ここ数日シエルと過ごした時間があまりにも楽しかったからかもしれない。

ともかく、一日はあっという間に過ぎていった。

◇

その夜、私は寝室の中でひとり目を閉じて身を潜めていた。深夜をとうに過ぎた頃だ。

ひたっと足音がかすかにして私は目を開けた。どくんどくんと鼓動が高鳴る。

胸の前で両手をぎゅっと握りしめ、動かないままでいると、鈍い音が外から鳴った。

バルコニーの窓が外側から壊され、突如侵入者が飛び込んできたのだ。

侵入者は素早い動きでベッドへ駆け上がり、私に向かって剣を振り下ろし——

「お前は何者だ？　深夜に妃の部屋に忍び込むのは王の特権だぞ」

だが、その剣は相手に刺さらなかった。

私のベッドに横たわっていたシエルが、侵入者の腕を掴んで剣を振り落とし、そのまま相手の首を絞めつけたのだ。

「な、なぜ……」

侵入者が呻《うめ》きながら声を上げるとシエルがその続きを言った。

「なぜ王宮へ帰ったはずの俺がここにいると問いたいか？　あれは影武者だ」

「あなたにわざわざ見せつけるためなのよ。庭師さん？」

クローゼットに隠れていた私が出ていくと、庭師のおじさんは驚愕の表情で固まった。

「わ、私を殺しても……他の奴が」

苦しそうにしながら訴える庭師に向かって、シエルが淡々と告げる。

「侵入者は全員俺の騎士が捕らえたはずだ」

「ま、まさか……？」

バタバタと足音がしてミントと騎士たちが駆けつけた。

「アクア様、大丈夫ですか？」

「ええ、無事よ」

私が笑顔で答えると、ミントは安堵したように表情を緩めた。

これは、私を暗殺しようと目論《もくろ》んでいた全員を生きたまま捕らえるための私とシエルの作戦だ。

以前に私がクリスタル宮で襲われたとき、その犯人は投獄されたあと自決したという。

今回は、暗殺者の背後にいる人物を特定するために決して死なせないように、捕らえたあとで薬を飲ませて自白させようということになったのだ。

庭師がそれを聞いて唸るように訊く。

「いつから、気づいていたんだ？」

「あなたが毒の花の植え替えを私にさせたときから違和感があったわ」

この庭仕事を始めたとき、彼は私に積極的に話しかけてきた。そして、毒の花があるにもかかわらず、花の植え替えに興味を持った私を止めなかった。

ところが私が花に詳しかったため、それは失敗に終わった。

次はシエルと釣りに行ったときだ。本来、いくら使っていなかったとはいえ、最初から小舟に穴が開いていたら使用人が見逃すはずがない。

あれは誰かによって時間が経つと小舟に水が入る仕掛けがなされていたのだ。

庭のテラスで私たちが近くの湖へ行くことを知った庭師は先回りして修理中の小舟に細工をして出しておき、本来そこにあった小舟を隠した。

そして使用人に小舟が使えることを伝えておき、わざと彼女からそれを伝えさせた。

私たちを事故に見せかけて殺すために。

はっきり違和感を覚えたのは私が町で襲われたときだ。相手は明確に私を狙っていた。そこで今までの違和感を整理してみてふと思った。

この城に間者《スパイ》が忍び込んでいるのではないかと。

そして、私に何かが起こるときは毎回外出時のみ。つまり城の中にはいないけど、敷地内にいる人物。そして、なぜか私が来ると同時に新しい庭師が派遣されたこと。シエルは最初『新しい庭師』を私のことだと冗談めいて言っていたけれど、話を照合させてみると、彼がその『新しい庭師』だとわかったのだ。

そこで一計を案じた。騎士を撤退させれば好機と捉えて私を襲いに来るだろうと。

そのための計画を、昨夜ベッドの上で私はシエルと話していたのだった。

「よく思いついたものだ」

「うまくいってよかったです」

実は失敗したらどうしようと不安があったことは否めない。

「それにしても、本当にアクア様はすごいですね、よく気づきましたよね」

ミントが明るくそう言った。

「ほんのわずかな記憶を頼りに頭の中を整理しただけよ」

「でも、なかなかここまで考えつきませんよ」

「そうね」

だけど私にはもうひとつ、この推論に至った理由がある。

ノゼアンなら、この絶好の機会を最大限に利用するだろうと思ったからだ。

クリスタル宮で狙われていた私を襲った犯人はあっさり捕まった。

そうなればクリスタル宮の警備は厳しくなる。つまり、これ以上手出しはできないので、相手側はしばらく身を潜めるだろう。そこでノゼアンは私を離宮へ飛ばし、ごく少数の護衛騎士を連れてシエルを向かわせた。シエルは公《おおやけ》のパーティーで私を指名したほどなので、寵愛する妃のもとへ向かったのだと周囲に思わせる。

犯人は私を殺し、あわよくばシエルも殺すことができる。

確実に私を狙える好機を犯人は逃すわけがない、とノゼアンは考えたはずだ。

これはすべて、ノゼアンが犯人を陥れるために張り巡らせた壮大な罠だ。

その理由は、背後にいる黒幕をなるべく早く、ノゼアンが生きているうちに捕らえるためだ。

だったら私も、援護射撃が必要だと思ったから、今回のような強硬手段をおこなった。

シエルが私の提案に乗ってくれたのは奇跡だ。私を信用してくださいと訴えても、まさかすんなり受け入れてくれるとは思わなかったから。

その後、庭師とその仲間は連行され、裏にいる人物たちの調査がなされた。

捕まったのは、私の予想した通り、オパールの父であるプレシアス侯爵と、アンバーの父であるエレクトロン伯爵だった。今はそのことで、オパールとアンバーの処遇をどうするか王宮内で議論されている。

私はシエルとともにクリスタル宮に戻ると、ノゼアンの城を訪れた。

「――というのが私の推測なんだけど、どうかしら？」

「おおむね合っているよ」

私がこれまで起こったことをノゼアンに話すと、彼は紅茶を飲みながら静かに頷いた。

「でも君がプレシアス侯爵を疑ったのは驚いたな。その通りだったんだけど」

「庭師が言ったの。ルビー様が毒の花を好むって。あれは気軽に妃の好みをしゃべったのではなく、私の思考をコランダム侯爵家に向けるためだわ。彼女の家に罪を着せるために。妃の家門の中で一番対立しているふたつの家門だから、容易に推測できるわ」

結局、プレシアス侯爵は私怨《しえん》のために私を狙ったそうだ。

その理由は過去に自身の親族が他国へ嫁ぎ、そこで起こった争いごとに巻き込まれ、シエル率いる騎士に殺されたからというもの。

侯爵はシエルが残忍な方法で自身の家族を殺害したのだということを主張していた。実際には、その者は自害したということだったが、侯爵はそれを信じられずシエルを恨み続けてきた。

侯爵は、自身の実娘であるオパールにシエル殺害の命令をして嫁入りさせた。

しかしオパールはこれを拒絶したそうだ。

痺れを切らせた侯爵は、パーティーで指名された私を殺害してシエルに復讐してやろうと思ったらしい。

一方エレクトロン伯爵は、先々代の王を支持していた家門だ。実際に謀反に加担してはいなかったが、シエルに個人的な恨みを抱《いだ》いていた。このたびプレシアス侯爵に唆《そそのか》され、シエルが王宮を空席にしているあいだに、ノゼアンを殺害する予定だったようだ。

　こちらはベリルの率いる騎士に叩き伏せられた。

　私も、出してもらった紅茶を飲みながら、彼を見上げて訊《たず》ねる。

「まさか、ここまで読んでいたの？」

「何のこと？」

「戦力を分断すれば敵側は好機と捉えて襲ってくる。わざとそうさせたのよね？」

　シエルは私と離宮にいて、王宮には剣術のできないノゼアンだけ。

　敵としてはこれほどの好機は二度と訪れないだろうから。

「さあ、どうだろうね」

　ノゼアンは笑みを浮かべて紅茶を飲む。

　わずかな沈黙が訪れると、私とノゼアンを交互に見ていたシエルがやっと口を挟んだ。

「おい、お前たちはさっきから何を言っているんだ？　俺にはさっぱりわからんのだが」

　私はガクッと肩を落とし、ノゼアンは呆れ顔で宙を見つめた。

　なるほど、ノゼアンが不安になるのもわかる。シエルは本当に戦《いくさ》しかしてこなかったんだわ。

「子供でもわかるように説明しろ」

　シエルは偉そうに腕組みをして、険しい顔で言い放った。

「敵を捕らえるためにアクアとシエルを利用したんだよ」

　ノゼアンが簡潔に述べると、シエルは眉をひそめ、急に怒りの表情になった。

「お前は本当に性格の悪い奴だな」

「いい人なんてやっていたら簡単にこの世から消されちゃうよ。特に王宮ではね」

ずっと毒殺されそうになりながら生きてきたノゼアンの言葉には、重みがある。

「なぜ俺に前もって言わなかった？」

「アクアが危険な目に遭うとわかれば君は絶対に賛成しない」

「当たり前だ！」

拳を握りしめたまま抗議するシエルに向かって、ノゼアンは冷たい視線を向けた。

「でも、アクアの提案は受け入れたんだよね？」

「それは、アクアが信用しろと言ったから」

照れくさそうに頬を赤らめるシエルを見て、私は驚きと同時に胸が熱くなった。

「シエル、変わったよね」

ノゼアンはそう言って笑った。

だけど私もその意見に同意する。だって初めて対面したときよりもずっと、シエルは素直で優しくて、よく笑うようになった。

そして、私もずいぶん変わったと思う。

今後はシエルのそばで支えようという気持ちが強くなったから。

これは妃としての義務感なのかもしれないし、シエルを放っておけないというノゼアンの気持ちと似ているものかもしれない。

ただ、私にはもうひとつ理由もなく彼のそばにいたいという気持ちがあった。

シエルと過ごした数日間はお互いに王と妃という立場を忘れ、まるで平民の夫婦のようだった。

あんな日々は二度と訪れない。

だけど、私には一生忘れられないくらい楽しい思い出になった。

あのとき思ったのだ。平民として生まれて出会っていたら、こんなに自由で楽しい暮らしを誰にも邪魔されずにできたのではないかと。

そうはならないからこそ、甘美な想像だ。

私は自分の妄想を振り払うように、ティーカップをテーブルに置いて、顔を上げた。

「ところで、オパール様とアンバー様はどうなるの？」

一番気になっていることを質問すると、ノゼアンが答えた。

「本来なら処刑」

その言葉にどきりとして、目を見開く。すぐに彼は続けた。

「だけど、彼女たちは妃だから。こうなったときのための処遇は決めてある。彼女たちを迎え入れたときからね」

もともと側妃は全員人質だ。王族に敵対する家門を排除できた場合、彼女たちを縛りつけておく必要はない。ノゼアンは表向き王宮追放という処置を取るが、きちんと彼女たちが生きていくための力添えをするようだ。

そうなるとクリスタル宮はルビーと私のふたりだけになる。

そう思っていたのに、予想外のことが起こってしまった。

第六章

バタバタと忙しい日々が続いていたクリスタル宮が少しずつ落ち着きを取り戻した頃、私はルビーに呼び出された。

一体何を言われるのだろうか。

緊張の面持ちで彼女の部屋へ出向いたら、意外な光景が目に飛び込んできた。

ルビーの部屋はほとんど家具がなくなっており、すっきりした状態になっていたのだ。赤い絨毯は敷かれたままだったが、絵画や骨董品や生花などは飾られていない。シンプルな部屋にはテーブルにお茶の準備がしてあり、ルビーはいつもの赤いドレスで私を出迎えてくれた。

「よくいらしてくれたわ」

「お招きいただき、ありがとうございます」

ルビーはどことなく穏やかな表情だった。以前のようなキリッとした目つきでもなく、私の胸中を探るような雰囲気もない。まるで毒の抜けた花のような姿だった。

「あたくしの侍女があなたに毒を盛っていたことをまずは謝罪するわ。本当に申し訳ございません」

ルビーは私に向かって深く頭を下げた。

あまりにも意外なことでこちらが慌ててしまう。

「頭を上げてください。ルビー様は何も知らなかったのでしょう？」

あれは主人に陶酔しすぎて起こしてしまった侍女の暴走であり、ルビーが命令したわけではなかった、という話だった。たしかに疑いが晴れるまでは結構取り調べられたようだけど……

「あなたはそれを信じてくれるのね」

くすっとルビーが笑い、私をテーブルへと案内してくれた。向かい合い、紅茶とお菓子をいただく。

何を話すべきか、いろんな話題を考えてきたけれど、いざルビーを前にしたら言葉が出てこない。

何か気の利《き》いた話題がないか頭の中を探っていると、ルビーから意外なことを訊かれた。

「あなたはよく本を読むと言っていたわよね？」

「はい、そうですね」

ルビーは笑みを浮かべながら話す。

「実はね、あたくしも読書が好きなの」

「本当ですか？　知りませんでした」

「あなたとこうして趣味のお話をする機会が今までなかったものね」

私の中でルビーの好感度が急上昇する。事前に知っていれば何を話すべきか悩むこともなかっただろう。私は前のめりになって話を振った。

「ルビー様はどんな本を読まれますか？」

「ふふっ、あたくしロマンス小説が好きでしてよ」

「ああ、そのジャンルでしたら『ローズマリーの約束』が有名ですね」

伏線が丁寧に張られていて、面白い作品だった。

そう言うと、ルビーの表情がパッと明るくなった。

「あたくし、そのお話が大好きなの」

「十年ぶりに死んだはずの恋人に再会する話ですよね」

「泣きすぎて目が腫れてしまったわ」

その言葉と、ルビーの表情に一瞬目を奪われる。それからルビーは自分好みの本について次々と語った。そのどれもこれもが私の趣味と一致している。まさか、これほど趣味が合うとは思いもよらず、私はもう親しい友人と話している気分になってすっかり彼女と打ち解けた。

どうやらルビーもそうだったようで、しばらく話し続けていると、彼女はおもむろに自分の身の上話を始めたのだった。

「……あたくしには愛する人がおりました。その方と別れて王宮入りしたのです」

「えっ……」

突然の告白に私は紅茶を飲む手を止めた。

ルビーは穏やかな表情のまま、どこか遠くを見つめて話す。

「致し方ないことです。貴族の令嬢に生まれたからには婚姻に自由などありません」

ルビーはぽつりぽつりと、妃になった経緯を語った。

王宮から妃候補に選ばれたと聞いた直後、幼少の頃から慕っていた彼と連絡が取れなくなったそうだ。手紙を出しても返事は来ず、彼が訊《たず》ねてくることは二度となかった。

どうやら父親が会えないように画策していたらしい。

ルビーは絶望的な気持ちで王宮へ嫁いできたと話す。

「本当に、心から愛していたわ」

ルビーの綺麗な紫紺《しこん》の瞳がわずかに揺れているのを私は悟った。

彼女は一体どれほど涙を堪えてきたのだろう。

「あなたが盛られていた毒はあたくしが毎日部屋に飾っていた花だったの。キルベリー草と言って、あたくしの家門の領地に咲く魅惑的な毒草なのよ」

私が植え替えをおこなった花とは別の種類のものだ。とはいえ、ルビーが毒の花を好んでいたことは本当だったようだ。彼女は淡々と話を続けた。

「少量なら体に害はないの。けれど、これを毎日続けて服用していれば、そのわずかな毒はだんだんと体を蝕《むしば》んでいくのよ」

ルビーは少し笑っている。それが私には苦しそうに見えた。

「あたくしがこの花を飾っていた理由は、愛《め》でるわけでもなく、誰かを殺すためでもない。自分自身を殺すためだったの」

「死ぬおつもりだったのですか？」

「そうね。その覚悟はいつも持っていたわ。令嬢として生きてきて、自由なことは一切なかった。すべて親の言う通りの人生よ。結婚相手も勝手に決められ、死ぬまで令嬢の道を歩むしかない」

親に放置されてきた私とはあまりにも違う。ルビーは令嬢としてすべてを親から与えられてきたのだろうけど、その代わりに親という檻から出ることはできなかった。

私にはその経験がないので、ルビーの気持ちを本当の意味で理解することはできない。

ある意味、彼女は私よりもずっと過酷な人生を歩んできたのかもしれない。

「あたくしは心を殺して今まで過ごしてきたわ。陛下の寵愛を受け、王の跡継《あとつ》ぎを産む。それが自身の務めだと思ってきたの」

ルビーの真剣な表情に、初めて彼女と出会った頃のことを思い出して胸が痛んだ。

ああ、そうか。ルビーが王の寵愛に固執しているのは、そういう理由だったからだ。

ずっと慕っていた想い人を振り切って、今度は妃としての務めを果たすために命を懸けている。

正妃になることがルビーにとって唯一の生きる理由になっていたのだ。

「それがどうしたことか、あなたが来たせいで何もかも狂ってしまったわ。本当に腹立たしい妃だこと」

笑いながらそんなことを言うルビーに、私は複雑な思いがした。

「あなたがうらやましいわ。どうしてそのように自由に振る舞えるのかしら」

「ルビー様のお気持ちを察することは、私などには難しいかもしれません。けれど、すごく胸が痛いです」

それが精一杯の返答だ。

「あなたってお人好しね。あたくし、あなたに意地悪なことをしたと思うわよ」

「覚えていません」

そう言うと、ルビーは声を出して笑った。

その表情があまりにも可愛くて、きっと彼女も素直な人なんだなって思った。

最後まで話をし終わると、ルビーはお茶を飲み終えて、静かに立ち上がった。

「部屋を見ればわかると思うけれど、あたくしはクリスタル宮を去ることになったの」

「え？　なぜですか？」

「ここにいる理由がなくなったからよ」

ルビーの家門であるコランダム侯爵家は、アンバーの家門であるエレクトロン伯爵家と親しくしていたが、今回の事件に関わっていなかった。ルビーはこのまま妃の立場でいられるはずだ。

つまり、彼女は自ら出ていくというのだ。

「今後はまた、両親の決めた相手と縁談をさせられるのでしょうね。でも、ここにいても同じこと。一生、誰かを愛することなく生きていくんだわ」

そう言って物憂げな表情をするルビーは、儚《はかな》く切なくて、毒の花のように美しかった。

ルビーがクリスタル宮を去ってから、私はぼんやりした日々を過ごしていた。

あれからずっと考えている。私にはルビーの言う愛が、いまいちよくわからなかったからだ。

そもそも誰かを愛したり、愛されたりする感覚って何なのだろう？

物心ついたときから、私は周囲から憎悪とか嫌悪、あるいは無関心といったものしか向けられていなかった。愛のない人生を嘆いていたルビーに共感できなかったことが、ずっと引っかかっている。

「アクア様、どうかされたんですか？」

ミントがいつものようにハーブティーを淹《い》れてくれて、私はソファで本を読みながらそれを飲んでいる。

「うん……愛って、どんなものかしらと思ってね」

「え？」

私のぼやきにミントは驚いた顔をした。

愛だの恋だのといった物語はたくさん読んできたけれど、あくまで作り話であり、私にはまったく関係のないことだった。だからルビーが『ローズマリーの約束』を読んで目を腫らすほど泣いたという感覚が私にはよくわからなかった。あくまでも完成度の高い物語としてしか、私はあの話を楽しめなかったのだ。

もしかしたら私は人と感性がずれているのかもしれない。

眉をひそめていたミントが、遠慮がちに口を開いた。

「あのう、アクア様はもう経験されていると思いますけど？」

「え？」

今後は私が驚く番だった。

「だってシエル様と相思相愛じゃないですか」

「何を言っているの？　シエル様とは王と妃の関係であってそれ以上のことはないわ」

「いやいやいや！　めちゃくちゃ仲良しじゃないですか」

「そりゃ、だって、夫婦だもの」

私が仲良くしているのはシエルだけじゃない。ノゼアンとも仲良しだし、ミントだってそうだ。

「……待ってください。順番に訊《たず》ねますね。アクア様はシエル様と一緒にいて緊張したり胸が熱くなったりしますよね？」

「ええ、するわ。だって王様相手だもの」

「違うんですー。そうじゃなくて……あ、そうだ。オパール様がご懐妊されたと聞いたとき、アクア様はすごく泣いていましたよね？　それってショックだったからじゃないんですか？」

「え、ええ……そうね」

自分でもなぜあれほど悲しかったのか、理由がわからないくらい泣いた。

もしかしたらシエルが誰とも夜伽《よとぎ》をしていないと言ったのに裏切られたからとか、私とはしてもいいと言ったのに、それが特別ではなかったから悔しかったとか。

そんないろんな理由が頭に浮かんでくるのだけど……

ミントに言うと、ひどく真剣な表情で言われてしまった。

「愛は理屈では語れないんですよ」

「難しいわ」

私が首を傾《かし》げていると、ミントは眉根を寄せて私の机の引き出しから勝手に雑記帳を取り出して言った。

「ここに書いてある内容って、ほとんどシエル様に対する思いですよね？　これが愛でなくて一体何なんですか？」

シエルがいいことを書けと命令したから、私は感じたことをそこに綴《つづ》っただけ。

「シエル様のことが好きですよね？」

「ええ、好きよ」

最初は嫌いだったけど、今はわりと好感を持っている。

ミントは腕組みをしてうーんと唸っていた。

話が出たついでに、私はずっと抱えていた疑問をミントに訊いてみることにした。

「そういえばオパール様のお相手はどなたなのかしらね？」

ミントが腕組みをしたまま固まった。眉間にしわを寄せてぼそりと答える。

「うちの……バカ兄です」

「ええっ、そうだったの？」

「すみません。本当に」

それは予想もしなかった。

一体どうして王の妃と騎士がそんなことに……

そういえば、以前に私が図書館と間違えて騎士訓練所へ行ってしまったとき、カイヤが言っていたことがある。

『以前に嘘をついて騎士と密会していた妃もおりますからね』

あのとき、ベリルは動揺していたわ。なるほど、身に覚えのあることだったのだ、と今ならわかる。

「兄のために言い訳をしますと、オパール様が妃になられる前から、ふたりは恋人関係だったんです。しかし、ノゼアン様に期間限定で妃になってほしいと言われて、オパール様は兄とともに承諾したのです。シエル様は反対されたんですけどね」

「そうだったの」

「でもこれで、ふたりはやっと結婚できそうです」

ミントは満面の笑みでそう言った。もうじきオパールがクリスタル宮を出る。そうなると私ひとりになってしまう。シエルは新しい妃を迎えるのだろうか。

王族の血筋を維持するためには妃は何人いてもいいものね。

——胸の奥がざわつく。

今まで他の妃がいても何も感じなかったのに、私よりあとに新しい妃が来るかもしれないと思うと、急にもやもやしてきた。

もしかして、ルビーはこんな気持ちだったのかしら？

「あなたを正妃として王宮へお迎えすると陛下からの通達です」

数日後、カイヤが私の部屋を訪れて、そう言った。

ミントも使用人たちも飛び上がって喜んでくれた。

ああ、繰り上げということですね。わかります。そして新しい側妃をクリスタル宮に置くのですね。

まだ決まってもいないのに私はそんな偏屈《へんくつ》な考えが頭をよぎり、まだ迎えてもいない側妃に対して嫉妬した。

だって正妃になるのはノゼアンの命令であり、シエルの意思ではないはずだ。

それでも私に拒否する権利などないので、正妃になるための準備は粛々と進めた。

そして、正妃としてのお披露目パーティーが執《と》りおこなわれる前に、私の両親が王宮へ呼び出された。

正妃の家族には特別な爵位が与えられるので、両親は大喜びで王宮を訪れ、私のことをシエルの前で饒舌に語るのだった。

「わが娘アクアが陛下のお目に留まることができて私たちも本望でございます」

「ええ、本当に。私たちに似て素晴らしい頭脳と容姿を持って育ちましたので、自慢の娘ですわ」

両親の定番のセリフに毎度うんざりしていたけれど、もう慣れた。そわそわして終始落ち着かない両親を前に、シエルは無言で紅茶を飲み、やがてゆっくりと口を開いた。

「そのような作り事を口にせずともよい。俺はすべてを知っている」

シエルの言葉に私も両親も驚いて彼を見つめた。

父がおずおずと訊《たず》ねる。

「あのう、知っているというのは一体どういう……」

シエルは渋い表情で冷静に答える。

「お前たちが今までアクアをどのように扱ってきたか、俺はすべて把握していると言っているのだ」

「えっと、何をおっしゃっているのか……」

眉をひそめる父に向かってシエルは強い口調で告げる。

「言葉にしないとわからないのか？　お前たちがアクアに令嬢教育をおこなわず、まともな食事も与えず、粗末な部屋に閉じ込めていたということだ」

両親はびくっとして目をそらした。

ノゼアンが私のことを調査したと言っていたけど、シエルにもしっかり知られていたのね。

言い逃れのできない状況なのに、両親はまだ弁解をした。

「私たちはアクアに学校へ行かせましたよ。きちんと教育をしました。貴族の親としての義務は果たしたはずです」

「そうですわ。扱ってきたなんてそんな、大切に育ててきたのです！」

シエルはじろりと両親を睨《にら》む。

「そういえばアクアが学外活動で稼いだ金を奪ったという話は本当か？」

両親は驚愕し、絶句した。正直私も驚いている。よくそんなことを掘り下げてきたものだ。

シエルは淡々とした調子で、さらに父と継母に続けた。

「クオーツ家を辞めた使用人たちにも話を聞いた。言ったはずだ。アクアについてはすべて調査していると」

シエルがノゼアンと同じ発言をするので、なんだか複雑な気持ちになった。

「そのような扱いをしておきながら、娘が妃になった恩恵を受けられると思うのは、お門違いというものだ」

シエルが冷めた目で見ると、両親は慌てふためいた。

「そ、そのようなことは決して……！」

「わたくしたちはそんなに強欲ではありませんわ」

ああ、どの口がそんなことを言うのだろう。本当に息を吐くように嘘をつく人たちだわ。

呆れ顔の私に対し、シエルは怒りを顔に滲ませている。

「お前たちの噂は耳に届いている。俺から特別な計らいを受けるとか地位を格上げされるとか、あらゆる自慢話をしてまわっているようだな」

両親はびくりとした。

うわっ……がめつい彼らのことだから多少は娘自慢をするだろうとは思ったけど、まさかそこまでとは。なんだかシエルに申し訳ない気持ちになってきた。

けれど、彼は堂々と両親に言い放ったのだ。

「勘違いするな。アクアは俺の妃だが、お前たちを特別扱いする気は毛頭ない」

それに対し、父があろうことか反論した。

「しかし、王国法によると、妃の家族には新たな爵位と勲章が与えられると……」

シエルは飲んでいた紅茶のカップをがちゃんとソーサーの上に置いた。

両親がびくっと震え上がる。

シエルはふたりを睨《にら》みながら告げる。

「定められた法律上の権利は与えよう。だが、それだけだ」

「ど、どういう意味で……？」

いまだ突っ込んで訊いてくる父に、シエルが険しい顔で言い放つ。

「アクアはもうお前たちの所有物ではなく、俺の妻だ。よそで軽々しく俺の妻のことを語るな！」

シエルが両親の語る私を『娘』ではなく『所有物』と表現したことに、彼の心からの怒りを感じる。

両親は反論したいような顔をしていたが、シエルのひと睨《にら》みでそれ以上何も言えなくなり、背中を丸めて小さくなった。

その姿を見ると私個人としてはちょっとすっきりしたけれど、今後のことを考えるとあまりいい傾向ではない。

怒りの形相のシエルとびくびくする両親。

さて、この気まずい空気をどうしようと考えていると、扉が開いてひょっこりと子供が顔を覗かせた。

「アクアお姉様！」

「あー、だめよう。ローズったら。怒られちゃうわ」

なんとそれは妹たちだった。彼女たちは、ミントと使用人たちに見てもらっていたはずなのに、こっそりやってきてしまったのだろう。

「お、お前たち……大人が話しているんだ。出ていきなさい！」

父が声を荒らげると、妹たちは慌て出した。

「ご、ごめんなさい。お城を探検していたの」

「そうしたら迷ってしまってここに来ちゃったの」

一生懸命言い訳をする妹たちに向かって父が声を上げる。

「お前たちはじっとしていられないのか！　叩かれなければわからないようだな！」

妹たちは悲鳴を上げて今にも泣き出しそうになった。

「オーロラ、ローズ……」

私がふたりに声をかけようとしたら、突然シエルが立ち上がり、妹たちのところへ向かった。シエルはふたりに近づいて、鋭い目で見下ろす。当たり前だけど妹たちは顔面蒼白で怯えている。

まずいわ。シエルの眼力にやられたらふたりとも泣いてしまう。

「あの、シエル様……」

しかし私の呼びかけを無視して、彼はいきなりしゃがみ込んだ。

妹たちと同じ目線になり、じっと見つめると、彼は訊《たず》ねた。

「俺の義妹《いもうと》か？」

するとオーロラの表情がぱあっと明るくなった。

「おうさま……」

「義兄《あに》と呼んでもいいのだぞ？」

「おにいさま！」

オーロラが明るくそう言うと、シエルは彼女を抱き上げた。

「きゃあっ、おにいさまあっ！」

大喜びのオーロラを見てシエルが満足げに笑っている。

「あーん、ローズも！　ローズも高い高いして！」

するとシエルはオーロラを下ろして、ローズを抱き上げた。

「おにいさまあっ、だいすき！」

シエルは笑顔でローズの額にキスをした。

「ずるい、ローズ。あたしもキスして！　おにいさま！」

シエルはオーロラの額にもキスをした。

この様子を見ていた両親はぽかんと口を開けて絶句していたが、やがて安堵したように嘆息した。

妹たちの乱入のおかげで微妙な空気を払拭することができて、とりあえず両親とシエルの面会は無事に終わった。

ちなみにシエルの牽制《けんせい》のおかげで、両親はそれからおとなしくなった。

私のほうは十数年間溜まりに溜まった鬱憤《うっぷん》が、すっきりしたような気分になってシエルに感謝した。

それにしてもシエルがあれほど子供好きだとは意外だった。妹たちを見てあんなに嬉しそうにする彼の顔は優しさに満ちていて、普段のクールな印象とはずいぶん違った。

そういえば、彼が戦場で見た子供の話を以前にしていたことを思い出す。

殺すはずだった少女を助けたのも、特別な思いがあったのかもしれない。こんなふうにシエルのいいところを毎日見つけてしまうので、私の雑記帳は最終ページまで彼のことでいっぱいになった。

埋まり切った雑記帳を見ながら、私はふうっと息を吐き出した。

新しい雑記帳を手に入れようかしら。

きっと、それもシエルのことばかりになってしまうだろう。

私の一日は以前と比べて目が回るほど忙しくなった。正妃になるための勉強はあまりにも多く、読むべき書物や目を通す書類が増え、きちんと妃教育も受けることになった。

新しく派遣されたのはオパールの教育係をしていた婦人だ。

ノゼアンが手配してくれたようで、私は今必死に彼女の指導を受けている。

そんな多忙な時間の合間に、私はこっそり騎士訓練所へ出向いた。

シエルの稽古を見学するためだ。

思えばここで彼の姿を見た日から、私の運命が大きく動いた。

こんな未来になるなんて想像もしなかったし、シエルを見て時折胸がぎゅっと苦しくなったりするなんて、思いもしなかった。

シエルのことは好きだけど、これが愛なのだろうか？

ずっとそのことを考えている。どちらにしても私がシエルの妻であることは変わりないことだし、そこまで深く考える必要はないのだけど気になって仕方ない。

それに、これは私だけが抱《いだ》いている思いで、シエルは違う感情を持っているかもしれない。

彼に好きだと言われたことは一度もないのだから。

「あら、アクアさんじゃない？」

声をかけられて振り向くと、オパールが侍女を連れて立っていた。

「オパール様」

「もう敬称は必要ないわ。わたくしは廃位しましたから」

「体調は大丈夫ですか？」

「今日は少し平気よ。でも、結構大変なのね。命を育てるって」

オパールは少し痩せているようだが、それでも気品あふれる雰囲気は崩れていない。

「あなたと少しお話がしたいと思っていたの。お時間よろしいかしら？」

「はい」

オパールに連れられて、色とりどりの花が咲き誇る庭園のテラステーブルに案内された。

侍女が淹《い》れてくれたハーブティーはすっきりした味わいで飲みやすい。

「とても美味しいでしょう。わたくし毎日このお茶を飲んでいるの」

オパールはにっこりと笑った。以前の彼女は、輝きすぎてどこか人を寄せつけないオーラがあった。しかし、今はすべてが吹っ切れたかのように表情を緩めている。

彼女は、数日後にこの城を出て王都の郊外にある屋敷に移り住むようだ。

ベリルはこのたび王から男爵位を授けられている。子爵家の次男であるベリルが爵位を継承することはできなかったが、新たに男爵となったことで彼は実家とは別の家門を持つことができた。

オパールは彼と結婚後に男爵夫人となる。

侯爵令嬢からずいぶん格下げとなるが、それでも彼女は幸せそうに微笑んだ。

「令嬢の身分なんて堅苦しいだけですわ。わたくしが願うのは家族がいつも笑顔でいられる環境で暮らすことです」

オパールは高貴な身分の貴族だったが、父から愛されることがなかった。それどころか利用され、理不尽なことばかりさせられてきたという。私よりずっと過酷な家庭環境だったのに、彼女はまったくひねくれていなくて、いつも柔らかい物腰のままだった。

私がそう言って褒《ほ》めると、オパールは柔らかく微笑んで首を振った。

「今まで生きてこられたのは、シエル様とベリルのおかげなのです。彼らがいなければ、わたくしは生きていないでしょう。ですから、わたくしはシエル様のお役に立ちたいと思い、今回期間限定の妃となりました」

オパールは続けて話した。彼女の父がずっと裏でシエル暗殺を目論《もくろ》んでいたこと。オパールにシエルを暗殺するよう命じていたこと。それらのすべてをノゼアンは把握していて、オパールを仮の妃として彼らの悪事を暴《あば》いて捕らえようとずっと計画していたようだ。

そのためにオパールは、二年前に受けたベリルからのプロポーズを保留にしてしまったという。

あまりにも深遠《しんえん》なノゼアンの計画に眩暈《めまい》を感じていると、オパールはふふっと笑った。

「あなたのことはノゼアン様からお聞きしていましたよ」

「え？」

突然こちらに話を振られて、私は驚いて紅茶を飲む手を止めた。

「大変聡明な方であると」

「いいえ、そんな……ただ多くのことに興味を持っているだけです」

「あなたも家庭の事情が大変であると少し耳にしましたわ。けれど、あなたはそれを払拭するようにさまざまなことに取り組んでこられたのね。わたくしとは大違いだわ」

「――何か夢中になれるものがないと落ち着かなかったので」

ただ家族と一緒にいる時間が苦であるために外で活動したり、書庫にこもって本を読み漁ったりしていただけだ。それらは幸い、自分の好きなことだったので気がまぎれてよかったのだ。

そう言うと、オパールは私を見て、目を細めた。

「わたくしは何もする気になれませんでした。ただ、騎士訓練所へ行ってシエル様とベリルが稽古をしている姿を見ているだけが救いでした。彼らと一緒にいることがわたくしの心の支えでしたから」

オパールの微笑みがとても儚《はかな》げに見えて、胸が痛くなった。

それでも彼女はこれからきっと、幸せを掴むことだろう。

「――あれ？　アクア様がいらしたんですか。俺はお邪魔でしたか？」

そこへ現れたのはベリルだ。彼は訓練のあとだったのか、額に汗を滲ませている。

私は立ち上がって彼に祝福の言葉を述べた。

「このたびはおめでとうございます、ベリル」

「あ、いや……はい。ありがとうございます」

ベリルは真っ赤な顔をして照れくさそうに頭をかいた。

オパールはにこにこしている。

「すみません。せっかくなのでゆっくりしてください。俺は少し用事があるからまた来ますよ」

ベリルはオパールに声をかけると、すぐに立ち去ってしまった。

オパールは彼の後ろ姿を見つめながら、穏やかな表情で言った。

「わたくしは父には愛されなかったけれど、彼に愛されているので本当に幸せです」

「愛……」

私はぼそりと呟いて、オパールの顔をじっと見つめた。

オパールは私の視線に気づいて、再びにっこりと笑い、頬を赤らめる。

「ベリルと一緒にいると楽しくて幸せで時間を忘れてしまうんです。王宮入りしてからもずっと、彼のことばかり考えてしまって、ひと目だけでも彼の姿を見たくて何度も訓練所へ足を運んでおりましたの。そうしたらカイヤに見つかってしまいましたわ」

オパールは苦笑しながらカイヤに叱られたことを話した。

「これからはずっと一緒にいられる。わたくしは他に何もいりませんわ。彼と一緒にいられるなら、それで充分ですから」

そう言って微笑むオパールは、今まで見たどの彼女よりも綺麗でまぶしかった。

◇

あれから数日、オパールの言葉が頭から離れないでいる。

だって彼女のやっていた行動を、今まさに私がしているからだ。

朝目が覚めたときから食事や勉強をしているときも、気を抜くとシエルのことばかり考えている。

立場的にいつでも会えるわけではないので、唯一彼と会える可能性のある騎士訓練所へ足を運んでいる。

最近はほとんど会えない。

そのたびに落胆し、次にいつ会えるのかそればかり考えてしまう。

一度王宮へ突撃訪問しようとしたら、カイヤに全力で阻止されてしまった。

ノゼアンの城へ行くのは自由だから、私は暇さえあれば彼に会って話を聞いてもらった。

ノゼアンはここ数日寝込んだりして不安定だったが、今は起きられるようになり、ベッドで体を起こしている。私は彼のとなりで椅子に座って、愚痴をこぼした。

「忙しいのはわかるけど、今後のことを考えたら話し合いの場を持つべきだと思うの」

私はただ会いたいという気持ちを隠し、体《てい》のいい理由を作ってそう言った。

「シエルは不器用だからね。君のことを忘れちゃったのかな？」

ノゼアンの軽い冗談が、結構ずっしり心に響く。

「……そうかもしれないわね」

私は半ばやけになってそう言った。すると、ノゼアンがするりと私の手に触れた。

「もし僕がシエルの立場だったら、君にこんな思いをさせないんだけど」

「えっ……？」

ノゼアンの手は以前よりも痩せていて、指は細くて折れそうなくらいだ。けれど精巧に作られた人形のように白く美しい肌はそのままだった。

「君と初めて会ったとき、結構好感を持ったよ」

「それは、私もそうだったわよ。あなたみたいに優しくて顔が綺麗な人は今まで見たことがなかったもの」

「それだけ？」

「え？」

「僕はアクアのこと、わりと本気だったんだけど」

やけに真剣な表情で口もとに笑みを浮かべるノゼアンを見て、私は固まった。

同時に頭が混乱している。

「何を言ってるの？」

「時折、ふと思うことがある。僕が健康な体だったらすべて完璧だったのにと」

「それは……」

「僕が王位に就いて、シエルは騎士として働くんだ。本来はこの形がもっとも理想的だった。シエルは王になることをずっと拒絶していたからね」

たしかにノゼアンの言う通りだけど、私は少し複雑な心境だ。

「もし僕が王だったら、アクアは僕の妃だよ」

「……そうね。状況的にそうなるわ」

そうだけど、何か違う。私の心の中でそれがどうもしっくりこない。

ノゼアンが王でシエルが騎士、というのは彼の言う通り理想の形だというのはわかる。

だけど私がノゼアンの妃というのは釈然としない。

ノゼアンのことは好きだけど、シエルに対する好きと違う。

「あっ……」

私の中でぼんやりとしていた感覚が、まるで靄《もや》が晴れたようにすっきりした。

そういうことなんだわ。

「あなたが王で私が妃でシエル様が騎士。それが一番いいのはわかっているけど、人の感情はそう思い通りにはいかないわ」

「まあ、そうだろうね。だから人間は面白いんだ」

そう言ってノゼアンはふっと笑った。


話していると、部屋の外がやけに騒がしいことに気づいた。

使用人たちの慌てる声と、男の声がする。

「何かしら？」

私の問いに、ノゼアンは意味ありげに笑った。

次の瞬間、荒々しく扉を開けて飛び込んできたのはシエルだった。

彼は一枚の紙切れをしわになるほど力を入れて手に握っている。

「ノゼアン、何だこれは？　わざわざ侍女にこんなものを持ってこさせて」

するとノゼアンはすかさず返答した。

「そこに書いてある通り、僕は今アクアを口説いているんだ。邪魔しないでくれる？」

私は意味がわからずノゼアンを凝視した。ノゼアンは真顔、シエルは怒りの表情だ。

「お前いい加減にしろよ。アクアを俺の妃にしたのはお前だろ？　今さら何だ？」

「別にいいだろ。正妃にしたのは形式的なものだし、僕がアクアに何を言おうと君には関係ないよ」

ノゼアンがいつもと違ってやや感情的になっている。少し険しい表情をして、口調も荒い。

するとシエルは苦々しく笑いながらノゼアンに向かって言い放つ。

「なるほど。俺に黙ってこうやってふたりで会っていたわけか。お前、王の妃と不貞を働いたらどうなるかわかっているな？」

「え？　ちょっ、ちょっと……」

話がおかしくなっている。私は慌ててシエルに誤解だと説明しようとしたが、横からノゼアンが口を挟んだ。

「何をそんなに怒っているの？　君は自分の妃を放置しているんだから文句を言われる筋合いはないよ」

「気に食わん！」

わざと挑発するようなノゼアンと、怒りの表情で声を荒らげるシエル。

ふたりが喧嘩をするところは初めて見た。

部屋の隅っこで使用人たちがびくびくしている。

ここは何とかふたりを落ち着かせなければと思い、私があいだに入ろうとしたらノゼアンがシエルに挑発的な笑みを向けて言った。

「君は最初にアクアを愛することはないと宣言したよね？　あれ結構ひどいよ。僕ならそんなバカげたことは言わないな」

「妃に余計な期待をさせないために全員に言ったことだ。アクアだけじゃない」

「そうか。じゃあ、それでいいじゃない。僕はアクアに好意を持っているから残りの人生を彼女と楽しく過ごしてもいいと思っているんだ」

「そんなことはさせるか！」

シエルは拳を壁に叩きつけ、怒りの形相で怒鳴りつけた。

しんと静寂が訪れ、驚愕する私と使用人たちをよそに、ノゼアンはふっと笑った。

「何を勘違いしているのか知らないけど、僕はアクアと不貞を働こうなんて考えてもいないよ」

シエルが眉をひそめる。

「アクアは友だちだからね」

シエルは顔を真っ赤にして黙り込んだ。

……一体何が起こっているのか、状況がよくわからない。でも、とりあえずノゼアンがシエルをわざと怒らせたことだけはわかる。

この部屋にいる全員が黙り込むと、ノゼアンが穏やかに言った。

「さて、僕は眠くなってきたから君たち出ていってくれる？　邪魔だよ」

ノゼアンは私たちに背を向けてベッドに横たわると布団をかぶった。

私がシエルに顔を向けると、彼は鋭い目で私を凝視していた。

これは相当怒っている。だけど、私はノゼアンと何もないのだから堂々としていてもいいはず。

使用人たちはこの場の空気に耐えられなくなったのか、いそいそと持ち場に戻っていった。

その後、シエルは私の部屋を訪れた。

さっきの今だから、ふたりきりになると非常に気まずい。

シエルは誰も部屋に入らないように命令し、私は彼とテーブルを挟んで向かい合ってソファに座っている。

窓際にあるチェス盤を見てふと思う。以前にシエルとゲームをしたときはあんなに楽しかったのに、今は気をつかってしまう。

「お茶を淹《い》れてもらいましょうか？」

「いらん」

私はただため息をつくしかなかった。

ずっと会いたかったのに、どうしてこんなことになってしまったんだろう。

ふとシエルの手に目をやると、手の甲にうっすらと血が滲んでいるのに気づいた。

「傷の手当をしたほうがいいです」

「こんなものは放っておけば治る」

「だめです！」

私は棚の引き出しを開けると、そこから常備していた塗り薬と清潔なハンカチを取り出した。それを持ってシエルのとなりに腰を下ろし、彼の手を取った。

「少し痛みますけど我慢してください」

「この程度の傷で狼狽《うろた》えていたら戦場には出られない」

「そういうことじゃないんです」

シエルはムスッとした表情で、手を差し出した。私は彼の傷口の血をハンカチで拭って薬を塗っていく。

「手を大切にしてください。あなたは一国の王なのです」

「説教ばかりだな」

「これも妃の役目ですから」

そう言うと、シエルは少々不貞腐れた顔で私から目をそらした。

「お前は妃だから仕方なくそうしているのか」

その言い方に少々引っかかるものがあり、私はやんわりと抗議する。

「すべての行動がそうではありません。もちろん私の意思によるものもあります」

シエルはぴくりと眉を上げ、目線だけ私に向けた。

「たとえば、どんなことだ？」

「あなたが釣りをしようと言ったとき、私は心から嬉しくなりました。まさか、一緒にあんなことができるなんて思いもしませんでしたから」

「泳げないのにか？」

シエルが呆れ顔でそう言うので、私は彼から目をそらして言い訳を口にする。

「たまたま泳ぎ方を学ばなかったのです。練習すれば泳げるようになります」

「……他には？」

「そうですね。あなたとサンドイッチを食べながらチェスをしたときは最高に楽しかったです」

「そうか。他には？」

シエルがちらりと私へ目を向けている。これは少し風向きが変わってきたかもしれない。

「あなたとダンスをしたときは楽しくて幸せでしたわ！」

明るくそう言うと、シエルは私にまっすぐ目を向けた。

「それなら……」

と言いかけて、彼は黙り込む。代わりに頬を赤らめた。

私はそっと彼の手を握り、その続きを促した。

「何ですか？　最後まで言ってください」

「言わずともわかるだろう？」

「言葉にしてくれないとわかりません」

シエルは照れているのか悔しそうにしているのかよくわからない複雑な顔でぼそりと言う。

「俺も楽しかった」

その言葉を聞いたとたん、胸がぎゅっと締めつけられて、同時に頬が緩んだ。

私だけではなかったのだ。あのとき最高に楽しい時間を過ごしていたのは。

シエルも同じ気持ちだった。それがわかっただけでたまらなく嬉しい。

「――シエル様、腹が立ったからと言ってご自分を傷つけないでください」

私がやや強い口調でそう言うと、シエルはあっという間に強気だった表情を曇らせた。

「……すまない」

「怒りが収まらないときは別の手段で心を落ち着かせましょう」

「どうすればいい？」

「うーん、そうですね。私がハグするのはどうでしょう？」

そんな提案をしたあとすぐに、しまったと思った。シエルが驚いた顔で固まっている。

「おふざけが過ぎましたわ」

「それでいい」

「え？」

シエルはまるで訴えるように私を見て言った。

「俺の怒りが収まらないときは、お前がそうしてくれ」

まさかこんな提案を受け入れてくれるとは思わなくて、私のほうが唖然とした。

「まだ怒りが完全に収まっていないのだが」

シエルが再び私に訴える。その表情はまるで甘える子犬みたいに見えた。とても戦《いくさ》の神と呼ばれる冷酷な男のイメージとはかけ離れている。私が動かないままでいると、シエルは眉尻を下げた。

これがシエルの本来の姿なのだ。私にしか見せない彼の素の表情。

それがたまらなく愛おしく思えてしまい、私はぎゅっと手を握った。

「わかりました。では失礼します」

私はとなりからシエルをふわっと抱きしめた。

それから彼の髪を撫でるように触り、頬にキスをした。

なぜかそうしたくなって、自然と体が動いたのだ。

「どうでしょう？　少しは落ち着きましたか？」

シエルはじっとしたまま動かない。

不思議に思って私が離れようとしたら、彼のほうからぎゅっと抱きしめられた。

「シエル様？」

「まだ足りない。もっと欲しい」

そんなことを言われて急に恥ずかしくなり、胸の鼓動が高鳴った。

これはただシエルの気分をよくするための荒療治なのに、私がドキドキしてどうするのだろう。

シエルは私の腰に手をまわしてぐいっと抱き寄せた。

そして彼は私の耳もとでそっと訊《たず》ねる。

「本当にノゼアンとは何でもないのか？」

「えっ……？」

「お前たちは気が合うだろう？　いつも親しそうにしているからな」

「やだ、そんなことを気にしていたんですか？」

驚いて声を上げると、シエルは慌てたように首を横に振った。

「確認したいだけだ。お前の口から真実を聞かないと気が済まない」

そう言いつつも、シエルは不安そうに私を見ている。こんな顔をする人だなんて知らなかった。

それに、彼の今の状況は、オパール懐妊の知らせを受けて誤解していたときの私そのものだ。

私はシエルとまっすぐ目を合わせて答える。

「ノゼアンは何でも話せる親友という感じです。たしかに彼に好感を持っています。けれど、あなたへの気持ちとは別物です」

「何が違う？　俺とあいつと」

シエルは私に顔を近づけて答えを迫る。間近で見る彼の紅《あか》い双眸があまりに綺麗で、私はまるで吸い寄せられるように自然と、彼の頬にそっと触れた。

「こうして触れたいと思うのはあなただけです。こんな気持ちを他の人に抱《いだ》いたことはありません」

シエルは驚き、瞬きもせずに私を見つめる。

自分でもなんてことを言っているのだろうと、恥ずかしくなって、彼から目をそらした。

しかし、シエルはもっと羞恥にまみれた顔をしていた。

「なんだそれ……可愛すぎるだろ」

シエルは頭をかきながら、今まで見たこともないほど取り乱した顔をしている。

可愛いなどと、まさかシエルの口からそんなセリフが聞ける日が来るとは思わなかった。

私は無性に照れくさくなり、まともに彼の顔を見ることができず、俯《うつむ》いた。

お互いにしばらく無言だったが、ふとシエルが疑問を口にした。

「しかし、それでは腑《ふ》に落ちない」

「何がですか？」

私が顔を上げると、シエルは頬を赤らめたままちらりと私に目をやる。

「お前はその……俺との夜伽《よとぎ》を拒絶しただろう」

「え？　いつのことですか？」

「お前がめずらしく一緒に寝ようと言ったときだ」

連日シエルと遊び疲れてベッドに横たわったら速攻で記憶がなくなったあの夜のことだ。

それを思い出して慌てた。

「あ、あれは、ただ疲れて眠ってしまっただけです」

「嘘だな。思いきり俺の手を振り払ったぞ」

「それは寝ぼけていたんです。ごめんなさい！」

「結構、ショックだった」

「ええっ!?　ほんとにごめんなさい！」

そういえば翌日シエルはものすごく不機嫌だった。あれはやっぱり敵に見せるための演技ではなく、本当に機嫌が悪かったのね。

「決してあなたを拒絶したわけではありません」

「だったら、俺を受け入れてくれるんだな？」

「当たり前です。私は……」

あなたの妃ですから、と言おうとしてやめた。

これでは埒《らち》があかない。もっとストレートに言わなければ彼には伝わらない。

「――あなたのことを愛していますから」

毎日あなたのことを考えて、次はいつ会えるか楽しみで、会えない日が続くと寂しくて、会えたときは胸が高鳴って、一緒にいると楽しくて、そばにいると触れたくなる。

そんな感情に振り回されるのに、幸せを感じている。今まで漠然としてよくわからなかったけれど、きっとこれが人を愛するということなのだと、私は初めて知った。

「あなたは私のことを愛さないと最初に言いました。なので、これは私の片想いなのかもしれませんが……」

「そんなことはない！」

「え？」

シエルは私の腕を掴み、首から頭のてっぺんまで真っ赤に染めて言い放つ。

「俺はお前のことが好きだ。だから困っている。こんな感情は初めてだ」

シエルはそう言うなり、頭をくしゃくしゃとかいて唸った。

「なんで俺が、こんな恥ずかしいことを……ベリルのせいだ」

赤面しながらぶつぶつ文句を言うシエルを見て、私はますます彼が愛おしくなった。

こんな王様を見ることができるのはきっと私だけ。

私はシエルの手を握って笑顔で訊《たず》ねる。

「いつから私のことが好きなんですか？」

シエルは顔を上げると、困惑の表情で私を見つめた。

「わからん。だが、最初は気に入らない女だと思った。お前は生意気な口を利《き》くし、勝手に俺の剣術を覗き見するし、どこへ言ってもうろうろしている目障りな奴だと思ったよ」

「ひどくないですか？」

そう言いながら、私は苦笑する。

「だが、いつの間にか、朝起きたら今日もどこかでお前と会うのだろうかと想像していた。そうしたら、だんだんそれが楽しみになっていた。お前の日記か何かを見たとき、腹が立ったのはやけに覚えている」

あのことをまだ気にしているなんて思いもしなかった。

「俺のいいところは増えたか？」

シエルのこの質問は二度目だ。

私は笑顔で返す。

「はい。たくさんありすぎて一冊まるごと埋まってしまいましたわ」

「そうか。それはいい」

「きっとこれからも、どんどん増えていくと思います」

そう言うと、シエルは満足そうに笑った。

どうしよう。こんなときに私は気になっていることを訊くべきか悩む。

せっかくいい雰囲気になったのに、そのことでまた関係を悪くしたくない。

だけど……

「どうした？」

私が俯《うつむ》いて黙り込むと、シエルが顔を覗き込んだ。

「ええっと……」

「何か言いたいことがあるなら言えばいい。俺はノゼアンのように察することはできない」

シエルが真面目な顔でそう言うので、私は思い切って訊《たず》ねてみることにした。

「側妃を置かれますか？」

その問いにシエルは驚いた顔で固まった。目を丸くして私を凝視している。

ドキドキしながら返答を待っていると、シエルは眉をひそめて言った。

「なぜ俺が興味もない妃を置かなければならない？」

「え？」

「あれらはすべてノゼアンがやったこと。これからはあいつに口出しさせない。俺の妃はお前だけでいいだろう」

あまりにあっさりそんなことを言われて拍子抜けした。そして同時に安堵して胸が熱くなった。

「よろしいのですか？　私に飽きてしまったら困りますよ」

「だったらお前が飽きさせないようにすればいい」

「まあ、それは大変。じゃあ私はさっそく水泳の練習をしなくちゃ」

「そうだな。次はもっとよく釣りができる場所へ行こう」

私たちはくすくす笑いながら語った。一緒に異国の地へ旅行するとか、またお忍びで町へ出かけるとか、サンドイッチを食べながらチェスをするとか。

シエルの機嫌が悪くなったら私がハグをして、私が落ち込んだらシエルが抱きしめてくれる。

ふたりでしかできないことを、これからもたくさんしていこうと言った。

けれど、王と妃という立場ではふたりきりの時間はそれほど確保できないだろう。

だから私たちはお互いに気持ちを言葉で表す約束をした。

「お前のことが好きだ。アクア」

シエルはそう言って私を抱きしめたまま額をこつんと合わせた。

「私も好きです。でもちょっとだけ不満があります」

私はわざと唇を尖らせて言った。

シエルは驚き、私から少し顔を放す。

「何が不満なんだ？　言ってみろ。隠し事はするなよ」

「では申し上げます。妹たちにはキスをしたのに、私にはしてくれないんですか？」

私はわざと上目遣いで訴えてみた。

そうしたらシエルは一瞬呆気にとられ、瞬く間に赤面した。

「お前、あれは……挨拶だろ」

「じゃあ、私には？」

「それは、挨拶じゃない」

真っ赤になって照れるシエルを見ていたら、もっとからかいたくなったけど。

私はシエルの頬に触れて、髪にも触れた。

そうしたらシエルも私の髪を撫でてくれて、私たちは静かに口づけを交わした。

私が五番目の妃として嫁いだあの日、こんな未来が訪れるなんて誰が想像できただろう。

私自身も、そしてシエルも。

『俺がお前を愛することはない』

『結構でございます』

私はあの日のやりとりを頭の隅っこに追いやって、シエルに「愛している」とたくさん伝えた。

エピローグ

さて、正式な王妃となった私は正式名称のアクアオーラと呼ばれることになった。

サファイヤ王室の【水宝玉《アクアマリン》の妃】であり、シエル・ラズライト国王のたったひとりの妃である。

そのことが人々の関心を集めた。

その分、私の背負う重圧は凄まじいものだった。覚悟はしていたけれど、これでもう当初の予定だった王宮でひっそりと静かに暮らすことは永久に叶わなくなった。

それでもシエルのそばにいられるだけで他のどんなことも耐えられるなんて、少し前の私なら考えられないことだ。

こんなふうに私自身も周囲の環境も変わったのだけど、ひとつだけ変わらないことがある。

「アクアオーラ妃殿下、どこへ行かれていたのですか！　このわたくしに何も言わずにふらふらしないでくださいませ！」

本日もクリスタル宮に響くのはカイヤの叫ぶ声だ。

相変わらず私はカイヤに叱られてばかり。

「申し訳ございません、カイヤ様。私が王妃様のドレスにお茶をこぼしてしまったので、お着替えをされていたのでございます」

私の背後から若い使用人が頭を下げて謝罪した。

カイヤは使用人をじろりと睨《にら》みつける。

「なんという失態。お前を妃殿下のお世話から外しますよ」

「それはだめです。彼女はせっかく仕事に慣れてきたところなんです。ドレスなんて洗えばいいでしょう」

私が横から制止すると、カイヤは深いため息をついた。

「相変わらずお人好しでございますね。だいたい、妃殿下が甘いから使用人がつけあがるんですよ。いいですか？　この宮殿は今やあなた様おひとり。わたくしは妃殿下にお仕えする侍女長としてさまざまなことを……」

くどくど説教が続くカイヤに笑顔で対応しながら、私はちらりと使用人の子に目配せした。

若い使用人はほっとしたように笑みを浮かべる。

「聞いていらっしゃるんですか？　アクアオーラ妃殿下！」

「はい、ちゃんと聞いています。そろそろ私はマナーの授業が始まる時間なのですが」

カイヤはふんっと鼻を鳴らして姿勢を正す。

「よろしいでしょう。しっかり妃教育を受けてくださいませ。まだまだ足りませんからね」

そう言って、カイヤはさっさと退室した。

私は使用人に目を向けてふふっと笑った。

「真面目な人なのよ、カイヤは。私もよく怒られるからあまり落ち込まなくていいわ」

泣きそうになっていた使用人は安堵したように微笑んだ。

「失礼します。アクア様、お手紙が届きましたよ」

部屋にノックの音が響く。ミントが部屋を訪れると同時に、使用人はぺこりとお辞儀をして出ていった。

「ありがとう。また結構な量が届いたのね」

三十通はあるだろう手紙の束をミントがテーブルに並べていく。

そのほとんどは正妃となった私への祝いの手紙だが、中には好意的でないものもあるようだ。

私が正妃になったことが不満であると遠回しに書かれてあるのだが、これぱかりは仕方ない。

すべての人に好かれるなんて到底無理なのだから。

「アクア様、そちらの方にもお返事をされるのですか?」

「ええ。内容に限らず届いた手紙にはすべてね」

不満をぶちまけるだけの手紙であっても誠心誠意を込めて返事をする。それが妃としての私の仕事だと思っている。

ミントはいつものハーブティーを淹《い》れてくれて、外部から知り得た情報を私に話してくれた。

主にクリスタル宮を去った妃たちのことだ。

まずはアンバーのことだが、彼女はなんと隣国の薬草園で働いているらしい。

家門の処罰で追放されたアンバーは遠い親戚の家に引き取られたようだが、その家では全員仕事をすることが食事をする条件となっているようで、アンバーは最初かなり嫌がっていたようだ。

「ところが、薬草に水をやったり成長を見たりしているうちに夢中になったみたいですよ。今では誰よりも早く起きて仕事場に行って薬草とたわむれているとか」

ミントの言葉に私はうっかり笑いそうになった。

「あのアンバーが薬草とたわむれている？」

「想像できませんよね。でも、アクア様の毒物事件があったじゃないですか。あのときアンバー様は自分が疑われたらしくて、それもあって薬草のことをもっと勉強しようと思ったみたいです」

「それはいいことね。アンバーは新しい人生をしっかり生きているのね」

結局彼女とは最後まで険悪な仲のまま別れたが、それでも遠い異国の地で元気に暮らせているとわかるとほっとする。

「あ、そうそう。それで、薬草園ではめずらしい薬草も育てているようです。医師によると、それがノゼアン様の病《やまい》に効果があるみたいで、シエル様が隣国と取引をするよう取り合ってくださっているようです」

「本当？」

「病《やまい》の完治は難しいですが、延命治療はできるのではないかと」

「すごいわね。それでシエル様が動いてくださるなんて、本当に兄思いの人なのね」

表ではノゼアンの悪口ばかり言っているのに、そういうところがシエルは素直じゃないんだから。

私がふふっと笑うと、ミントはにっこり微笑んだ。

「では、次にガーネット様の噂をお話ししますか？」

「そうね。貴族学校へ通っていると以前手紙に書いてあったけど」

「ええ。それで、実は社交ダンス部に入られて歴代トップで優勝した先輩を追い抜いてやると意気込んでいるとか」

それ、私のことだわ！

離れてしまってからも、ほんの少しのつながりがあるようで嬉しくなってしまう。

「あははは、ガーネットらしいわね」

「本当に負けず嫌いですよね。でも、同じ年頃のお友だちができて楽しいみたいですよ」

「彼女はここを出てよかったのよ。そのほうが自分らしく生きられるわ」

「ほんとですねー」

他愛のない会話を交わしながら、手紙を整理していると一通、真っ白で薔薇の絵柄がひとつ描かれた封筒を見つけた。差出人が書かれていない。

王宮まで届けられたということは、私に危害を加える恐れはないと判定されたはずだけれど――

「怪しい手紙ですね。私が開封しましょうか？」

「いいわ」

すぐに手紙を開けようとするミントを制止して、私はその封筒を丁寧に開封した。中からたった一枚の手紙を取り出す。そして内容に目を落として、思わず笑ってしまった。

「どうしたんですか？　どなたからなんですか？」

「ルビーよ。元気にしているみたい」

「そうなんですね。そういえば縁談がまとまったという話を耳にしましたよ」

「へえ、そうなの」

私は手紙をじっくり眺めながら相槌《あいづち》を打つ。

「お相手の方は辺境伯のようです。領地は荒れていてあまり領地収入が見込めないとか。ご両親は反対されたようですが、ルビー様のご意思でそのお方に嫁がれたそうですよ。少し心配ですね」

たしかに、ルビーは妃だった頃よりずっと貧しい暮らしになるだろう。

今まで育ってきた実家よりも苦労するかもしれない。美しいドレスやきらびやかな宝石もほとんど身につけることができず、クリスタル宮のような贅沢な暮らしはできないだろう。

あまりにも、今までとは違う人生だ。

高位貴族の令嬢は決して嫁ぎ先として選んだりしないだろう。

「でも、それほど心配することはないわよ」

私が笑顔でそう言うと、ミントは怪訝な表情をした。

「あれだけ贅沢三昧していたお方が耐えられるでしょうか？」

「ふふっ、この手紙を読んでみる？」

私はルビーからの手紙をミントに渡した。

するとミントは驚いた顔で声を上げた。

「え？　これだけですか？」

「そうなの。ルビーって結構、私と似ていると思わない？」

「そうでしょうか？　でも、こんなルビー様だったらもっと楽しくお話しできたのになあ」

残念そうに苦笑するミントに、私はただ笑顔を向ける。

そしてバルコニーに出て、青い空を仰ぎながら思わず叫んだ。

「ほんと、最高だわ！」

暖かい風が吹いて髪がふわっと揺れた。

ミントはルビーの手紙をテーブルに置いて、私に声をかけてきた。

「明日は王宮で開かれる王国議会の会議に出席なさるのですよね？」

「そうなの。緊張しちゃうわ」

「アクア様のお披露目ですから、しっかり発言されてもいいと思いますよ。きっとシエル様もお許しくださいます」

「ほどほどにしておくわ」

私はバルコニーから見える王宮を眺めた。

テーブルの上の手紙がひらりと風に舞って、ミントが慌てて手を伸ばす。

書かれていたのは、たったひとこと。

『あたくしは、自由ですわ！』

◇

シルバークリス王国では、国王と王妃の結婚式が執《と》りおこなわれた。

王都セントプラチナはこの祭事で賑わっている。

王宮内の大聖堂にて、王と妃が並び、司祭から祝福の言葉を賜《たまわ》った。

「サファイヤ王室とおふたりに【生命の石《ラピスヴィータ》】の祝福を」

純白のドレスを身にまとった妃はとなりの王を見上げて、ふたりはキスを交わす。

その姿があまりに神々《こうごう》しいとゲストの人々の胸を打った。

そのあとは馬車に乗って町をまわる結婚パレードである。

大勢の人々に祝福されながらふたりは王都を一周する。

それを遠目で見守っているのはミントとノゼアンだ。

ミントが大粒の涙を流していると、そばでノゼアンが声をかけた。

「大丈夫？」

「もう、胸がいっぱいです。まさか本当にアクア様が正妃様になられるなんて。それもシエル様のたったひとりの妃に。こんな素敵なことってありますか！」

「まあ、全部計画通りだったんだけどね」

ノゼアンは苦笑し、ぼそりと言う。

「そうでしたね。本当に、ノゼアン様はすごいですね。完璧な有言実行でしたね」

ミントは苦笑しながら同意する。

ノゼアンは穏やかに微笑んで、空を仰いだ。

「それでも、僕の予想をはるかに超えたよ。まさか、シエルが本当に妃を愛するとはね」

それはノゼアンの中ではあまりに予想外な出来事だったのだ。

「僕はもう少しふたりを見守るかな」

「もちろんですよ！　まだまだ、長く見守っていただかなければなりません！」

ミントがノゼアンに力強くそう言うと、彼は穏やかに微笑んだ。

「そうだね。この世は意外と面白いことが多いから、まだまだ死ねないなあ」

青く晴れ渡った空に白い鳥が飛んでいく。

ノゼアンはくるりと背中を向けるとミントに声をかけた。

「少し疲れたから、僕はそろそろ戻るよ」

「ではお供しますね」

ミントはノゼアンの手の取り、となりで支える。

「そうだ。久しぶりにミントのハーブティーが飲みたいな」

「はい。戻ったらご用意しますね」

彼らの背後では多くの人々の歓声がいつまでも響き渡っていた。

番外編

先代国王の時代にはひとりの正妃と三人の側妃がいた。

サファイヤ宮と呼ばれる場所には、側妃で唯一子を持つ妃が息子と暮らしていた。

それが俺だ。

不自由を強《し》いられたことはないが、幼少期はいつも王宮を遠くから眺めては複雑な思いにかられていた。

それを、母に伝えたことがある。

「お母様、どうして僕は王宮へ行ってはだめなんですか？」

「それは決まりごとだからですよ」

「でも、王宮にはお父様がいるんでしょ？　僕はお父様に会いたいです」

「父君は偉大なお方なのです。お前は簡単にお会いすることはできないのです」

納得できなかった。

絵本の中の動物の親子はみんな一緒に暮らしているのになぜ？　という思いだった。

すぐ近くに父親がいるというのに会うことが叶わない。

「僕はどうすればお父様に会えますか？」

「そうね。あなたが国で一番強い騎士になれば父君は会ってくださるでしょうね」

「じゃあ、僕は国で一番、いいえ世界で一番強い騎士になります」

最強の騎士と呼ばれるほどになるには、努力だけではどうにもならないものだった。

しかし幸いなことに俺にはその才能があり、幼少期から飛び抜けて強かった。

野蛮な騎士と呼ばれるようになったのは、ある出来事がきっかけだった。

「お母様、この城を出るとはどういうことですか？」

「正妃がお亡くなりになったのです」

「それで、どうしてお母様が出ていくんですか？」

「シエル、よく聞くのです。あなたはもっと強くなくてはいけません。けれど、ここにいてはあなたまで狙われてしまいます。身を隠す必要があるのです」

「もしかしてお父様に危険が迫ってるんですか？　だったら僕がお守りします。お父様にお会いしたい」

「お黙りなさい！　お前は、父君には会えないの！　わがままを言わないで！」

普段は穏やかな母が声を荒らげたのはこの一度きりだった。

そのときの母の姿は、今まで冷静で物静かだった印象とは一変し、感情的で何かを恐れているようだった。

そして、母は泣いていた。

母の涙を見て、幼心《おさなごころ》にもこれが尋常ではない状況なのだと理解した。

それ以上、何も言えなかった。

正妃の死が伝えられた翌日、母とともにサファイヤ宮を去ると、遠く離れた郊外にある古城で使用人たちとひっそり暮らすことになった。

俺はやがて騎士養成所に入り、王国騎士を目指して訓練に励んだ。

いつか父に会うために。父を守るために。

そして、この国を守るために。

早いうちから戦場で活躍し、瞬く間に功績を上げた。その功績は父の耳にも入ることになった。

王宮に謀反を働いた貴族たちを処分し、やっと父と対面したとき、彼は病床に伏せって意識がなかった。

父はそのまま帰らぬ人となり、結局俺は一度もその声を聞くことはなかった。

「君に王位継承権を譲る。これが、これから君の生きるべき道だ」

そう言って俺の前に現れたのは、正妃の息子であるノゼアンだった。

そのとんでもない提案を、当然のことだが最初は断った。

だが、ノゼアンは言葉巧みに俺のやる気を引き出した。

憧れの父王の跡継《あとつ》ぎとしてこの国を守る。

生きている父に会えなかった俺には、この道が唯一自分が父とつながれる希望でもあった。

ノゼアンに利用されていることはわかっていたが、それでも受け入れた。

ところがノゼアンとはあまりにも価値観が違いすぎて、どうしても上手くやれない。

あるときは、先代王を弑《しい》した一族の娘について対立した。

「スフェーン家の娘を保護しているようだね？　どうしてそういうことをするの？」

ノゼアンはあくまで冷静な口調で訊《たず》ねた。しかし穏やかな表情の裏で激怒していることが伝わってくる。俺はノゼアンに首を振って答えた。

「あの娘はまだ十にも満たない」

「関係ないよ。謀反の罪は一族すべて処刑。当たり前のことを言わせないでくれるかな？」

「まだ子供に何ができる？」

「少なくともその頃の僕はすでに暗殺の策を練る頭脳を身につけていたよ」

「お前と一緒にするな！」

つい声を荒らげてノゼアンの肩を掴み、壁に叩きつけてしまった。

ノゼアンはそうまでされても一切怒ることはなく、こちらを静かな眼差しで見つめている。

「感情的になるなよ。そこが君の悪いところだ」

「罪のない子供を殺せと言われて平静でいられるか！」

「何を今さら正義感ぶっているの？　君は散々戦場へ行ったじゃないか」

その言葉に感情が振り切れそうになり、ぎりっと歯を食いしばりながらノゼアンに言い放った。

「――お前も一度、戦場へ出てみろ！」

ノゼアンはただ冷めた目で見つめるばかりだった。

彼はまるで感情の欠落した人形のようだ。何が起こっても動じることなく、誰が死のうが悲しむこともない。

それは自身に対してもそうだった。ノゼアンは自分の死期を知ってもまったく動じることもなく、常に彼の心配事はこの国の統治に関することばかり。

唯一ノゼアンと共通している思いは父王の統治したこの国を守っていくことだった。

だから俺は、ずっとノゼアンの命令通りに動いてきた。

即位して妃を多く持ってもそれは飾りにしか過ぎない。

妃は全員人質だ。それでもノゼアンはよくこんなことを言った。

「気に入った妃がいたら跡継《あとつ》ぎを産んでもらえばいいよ」

彼のその言い方も気に食わなかった。

女には優しくしろと表で言いながら、彼は女を手段として扱う。

せめて彼女たちに期待させないように、俺は冷たく接することにしていた。

そんなとき、ノゼアンの指示で、五番目の妃を迎えることになった。

――それが俺の運命を変えた。

『結構でございます。私も陛下を愛することなどございませんので』

なんだこいつ、というのがアクアに対する第一印象だった。

他の妃のように黙り込んでしまうかと思ったのに、あろうことか反論してきた。

しかもアクアはノゼアンと親しい間柄という、俺にとって気分の悪くなるような存在だ。

アクアはまったく妃らしくなかった。それどころか令嬢としても他の者と違っていた。

物怖じせずに堂々と意見を言う姿はいっそ清々しい気になった。

彼女は手掴みで食事をすることにまったく抵抗を示すこともなく、むしろそれを楽しんだ。

庭仕事をしている姿には驚いたが、俺にはそれがまぶしく見えた。

母が死んでから灰色のように見えていた実家の庭園は、アクアの存在で色鮮やかにきらめいて見えた。

「お前は本当に、面白いことをしてくれるな」

アクアと会うたびに新しい発見がある。一緒にいると笑うことが増えていく。

俺の中でだんだんと、アクアが興味深い存在から大切な女性へと変わっていった。

しかし、懸念があった。

アクアとノゼアンがあまりにも仲睦まじいのが気になるのだ。

もしかしたらアクアの心はノゼアンにあるのではないかと思い、それが余計に苛立った。

ノゼアンは父を独占し、幼少の俺から城を奪い、そのせいで母は病《やまい》にかかった。今は、彼が実質この国を牛耳っている。

アクアが現れたことで、一層ノゼアンに嫉妬心を抱《いだ》くことになった。

いつだったか、俺はノゼアンに告げた。

「これ以上、お前に何も奪われたくない」

すると彼は真面目な顔で返答した。

「君は暗殺とは無縁の場所で育ち、僕にはない強靭な体と無敵の強さを持っている。僕は命だって奪われそうになっているんだ。これ以上僕から奪えるものなんてないよ」

ノゼアンは、このとき真実を語った。

なぜ俺が王宮から離れた場所へ移されたのか。

あの頃、ノゼアンの母である正妃が亡くなった頃だったが、実は暗殺されたということだった。

そしてノゼアン自身も毒殺未遂で昏睡状態だったという。

父王は側妃の子にも危害が及ばないようにと王宮から離れた場所へ俺を逃がしたらしい。

「君は先代王が生きていた頃の王宮を知らない。毎日誰かが暗殺されるんだ。幼少の頃からずっと血を見ない日はなかった。地獄だよ。いつ自分が殺されるかわからない恐怖の中で生きているんだ。僕は君がうらやましかった。王宮から離れて暮らし、そして僕がどうやっても手に入らない強さを得て、僕がなりたかった姿に君はなったんだから」

このときのノゼアンはやけに感情的だった。

「君はいい加減に父親の呪縛から解かれるべきだよ」

それぞれが幼少期に得られなかったものを、相手は手にしていた。

お互いに嫉妬していたことを、このとき初めて明かした。

ノゼアンがアクアに想いを寄せているのかどうかは、はっきりとわからなかった。本人も決してそれを口にしなかったので話題にも上《のぼ》らなかった。

しかし、ある日突然ノゼアンから宣戦布告のようなものが届いたのだ。

それは俺が執務の最中だったときのこと。大量の書類に目を通し、次の王国議会で審議する事案について考えていた。いつまでもノゼアンに頼っていることはできないので、最近は寝る間もなく執務をこなしていたのだ。

そのせいで、アクアとずいぶん会っていなかった。

すると、ノゼアンの侍女が一通の手紙を持ってきた。

伝言ではなくわざわざ手紙にするとは一体何事かと目を通してみると、とんでもないことが書かれてあった。

『親愛なる弟へ。日々政務に忙しいようだね。妃の存在を忘れちゃったのかな？　君が会いに来ないから僕が妃の相手をしよう。わりと本気だよ』

それを見た瞬間、猛烈な怒りが湧き上がってきて、思わずくしゃっと手紙を握り潰した。

本気で、何を、しようというのか。

「ノゼアンのところへ行く」

俺が突然執務を投げ出したので侍従たちは狼狽《うろた》えていた。仕事が山積みなのはわかっていたが、俺はこのときどうしても、この件を後回しにできなかった。

万が一のことを想像してしまったからだ。

もしアクアとノゼアンが深い関係になっていたら……

苛立ちと不安を抱えながらノゼアンの城へ向かっている途中、いつかベリルが言った言葉を思い出した。

『好きな人には好きだって言わないと……』

愛だのなんだのと言葉にするのは格好悪いと思っていたが、それどころではなくなった。

次にアクアに会ったら必ず言おう。


お前を愛している、と――

新 ＊ 感 ＊ 覚　ファンタジー！

Regina レジーナブックス

第16回恋愛小説大賞読者賞&大賞受賞

婚約解消された私はお飾り王妃になりました。でも推しに癒されているので大丈夫です！1～2

初《はつ》瀬《せ》叶《かなう》

イラスト：アメノ

譲位目前の王太子が婚約解消となったことで、新たな婚約者候補として挙げられ現在の婚約を解消させられたクロエ。生贄同然の指名に嫌がるも、「近衛騎士マルコが専属の護衛としてつく」と聞かされ、マルコがいわゆる『推し』な彼女は引き受けることに。『未来のお飾り王妃』という仕事だと割り切ったクロエに対し、常に側に控えて見守るマルコが、勤務時間を越えて優しく労わってくれて……

詳しくは公式サイトにてご確認ください。

https://www.regina-books.com/

この作品に対する皆様のご意見・ご感想をお待ちしております。

おハガキ・お手紙は以下の宛先にお送りください。

【宛先】

〒150-6019 東京都渋谷区恵比寿4-20-3 恵比寿ｶﾞｰﾃﾞﾝﾌﾟﾚｲｽﾀﾜｰ 19F
（株）アルファポリス　書籍感想係

メールフォームでのご意見・ご感想は右のＱＲコードから、
あるいは以下のワードで検索をかけてください。

アルファポリス　書籍の感想　検索

ご感想はこちらから

本書は、「アルファポリス」（https://www.alphapolis.co.jp/）に掲載されていたものを、
加筆、改稿のうえ、書籍化したものです。

お飾《かざ》りの側妃《そくひ》ですね？　わかりました。

どうぞ私《わたし》のことは放《ほ》っといてください！

水川 サキ（みずかわ さき）

2024年 9月 5日初版発行

編集ー古屋日菜子・森 順子
編集長ー倉持真理
発行者ー梶本雄介
発行所ー株式会社アルファポリス
〒150-6019 東京都渋谷区恵比寿4-20-3 恵比寿ｶﾞｰﾃﾞﾝﾌﾟﾚｲｽﾀﾜｰ19F
TEL 03-6277-1601（営業） 03-6277-1602（編集）
URL https://www.alphapolis.co.jp/
発売元ー株式会社星雲社（共同出版社・流通責任出版社）
〒112-0005 東京都文京区水道1-3-30
TEL 03-3868-3275
装丁・本文イラストーRAHWIA
装丁デザインーAFTERGLOW
（レーベルフォーマットデザインーansyyqdesign）
印刷ー中央精版印刷株式会社

価格はカバーに表示されてあります。

落丁乱丁の場合はアルファポリスまでご連絡ください。

送料は小社負担でお取り替えします。


ISBN978-4-434-34377-3 C0093